In die Haut

Kurzgeschichten von Frank Malkusch

Bibliografische Information der Deutschen Nationalbibliothek:
Die Deutsche Nationalbibliothek verzeichnet diese Publikation in der
Deutschen Nationalbibliografie; detaillierte bibliografische Daten sind im
Internet über http://dnb.dnb.de abrufbar.

© 2021 Dr. Frank Malkusch

Lektorat: Dr. Doris Quinten
Herstellung und Verlag: BoD – Books on Demand, Norderstedt

ISBN: 978-3-7526-4007-6

Wie der Weihnachtsmann unter die Fische geriet

In unserer Welt gibt es, wie ihr wisst, einen Mann, der einmal im Jahr den Kindern auf einem Schlitten Geschenke bringt. Dieser Schlitten wird von Rentieren gezogen und kommt irgendwoher. Vom Nordpol, aus dem Himmel, das weiß keiner so genau. Jedes Jahr ist das so. Und alle Kinder erwarten ihn sehnsüchtig. Der Weihnachtsmann, so wird er genannt, da er an Weihnachten kommt, ist pünktlich. Zwar weiß jedes Kind, dass die Geschenke wie jedes Jahr an Ort und Stelle liegen werden, aber das Hoffen und Bangen, ob es auch wirklich so sein wird, ist immer groß.

Dieses Jahr war kein gutes Jahr für den Weihnachtsmann. Alles ging schief, was nur schief gehen konnte. Die Inspektion des Schlittens war verschlafen worden. Fast hätte ihn die himmlische Polizei aus dem Verkehr gezogen, wenn nicht von oberster Stelle eine Verfügung zur außerordentlichen Verlängerung der Betriebserlaubnis eines außerirdisch geführten Fahrzeuges erlassen worden wäre. Doch nur unter der strengen Auflage, den versäumten Termin sofort nach Weihnachten nachzuholen.

Über die Einholung dieser Sondererlaubnis war vergessen worden, die Rentiere zu füttern. Der Termin zum Aufbruch drängte. Der Schlitten stand übervoll bepackt bereit. Da streikten die hungrigen Rentiere. Schnell wurden sie von den Engeln gefüttert. Doch das ihnen angelegte Geschirr war nicht gewartet worden und ein Gurt zerriss beim Anschirren. Dadurch verrutschte die Ladung und die Hälfte der Geschenke stürzte zu Boden. Es war Feiertag und natürlich war kein Handwerker erreichbar.

Alles musste der Weihnachtsmann nun selbst richten. Habt ihr schon einmal einen Weihnachtsmann fluchen hören? Die Engel hielten sich die Ohren zu und liefen trotzdem hochrot an, bis einer von ihnen auf die Idee kam, die Trompeten hervorzuholen und mit ihrem Schall den Weihnachtsmann zu übertönen. So schwang er sich unter diesen Missklängen schließlich auf den Schlitten, spannte die Zügel an und die Fahrt ging endlich los.

Alle waren schlecht gelaunt, denn die Rentiere waren zur Strafe für die versuchte Meuterei von der Bescherung ausgeschlossen worden und der Weihnachtsmann hatte auf seinen traditionellen Weihnachts-Mittagsschlaf vor der Bescherung verzichten müssen. Die viel zu locker geschichteten Geschenke prasselten beim Anfahren vom Wagen herunter. Es musste gewendet und noch einmal neu aufgeladen werden.

Doch dann hielt sie nichts mehr zurück. Was noch an Geschenken verstreut in Wolkenfeldern versteckt liegen geblieben war, wurde später mit der Post verschickt. Noch immer war die Verzurrung schlecht und wie ein Kometenschweif trudelten die vom Himmel herab segelnden Geschenke erst hinter dem Wagen her, um dann zur Erde herabzustürzen. Dadurch geriet der Schlitten aus dem Gleichgewicht und der Weihnachtsmann schrie verärgert und mit vor Zorn hochrotem Gesicht:

„Ja, geht denn dieses Jahr wirklich alles schief?"

Wie zur Antwort eckte der Schlitten mit einer der beiden Eisenkufen gegen den Mond. Die Kufe löste sich vom Schlitten und stürzte ab. Da sie sich jetzt über der unendlich weiten Wasseroberfläche des Meeres befanden, plumpste das schwere

Eisenteil ins hoch aufspritzende Wasser und wurde von den Wellen verschluckt.

„Da haben wir den Salat! Wie soll ich denn nun mit nur einer Kufe wieder heil herunterkommen? Das wird eine glatte Bruchlandung!"

Das Geschrei des Weihnachtsmannes war so laut, dass es wie das Donnern eines Gewitters über die Erde hinwegfegte. Die Menschen schauten ängstlich zum Himmel empor und schlossen schnell ihre Fensterläden.

Der Weihnachtsmann riss an den Zügeln und lenkte den Schlitten mitten in die Wasserfluten hinein. Denn ohnehin über Gebühr verspätet, hätte er jetzt, auf der Hälfte der Fahrt, nicht mehr zur Reparatur umkehren können. Die Rentiere verdrehten über diese unerwartete Kursänderung die Augen, schüttelten die Köpfe mit dem prächtigen Geweih und hielten die Luft beim Aufprall auf das Wasser an.

Da es Winter war, war das Wasser schrecklich kalt. Zum Glück waren die Geschenke allesamt in wolkendichtes Engelsgespinst eingepackt, um nicht beim Durchstoßen der Wolkenschicht feucht zu werden. Der Schlitten sank einer absoluten Dunkelheit entgegen. Daran, dass unter Wasser seine als Lampen dienenden Kerzen erlöschten, hatte der Weihnachtsmann nicht gedacht. Eines der Rentiere drehte sich zu ihm um:

„Chef? Wie, so frage ich mich, sollen wir denn da unten im Dunkeln dieses dämliche Eisenteil finden? Was für eine Schnapsidee! Man merkt, dass du alt wirst!"

Der Weihnachtsmann maulte mit so schroffen Ausdrücken zurück, dass das Rentier betroffen schwieg und innerlich schon einmal den Beschwerdebrief an den obersten Boss vorformulierte.

Das wenige schummrige Licht, das es über dem Meer noch gegeben hatte, wurde bald durch die tiefen Wassermassen, durch die sie sanken, verschluckt . Sehr schnell war dem Weihnachtsmann klar, dass er einen großen Fehler begangen hatte. Die Rentiere bliesen empört die Wangen auf. Sie waren es von dem nahezu luftleeren Raum über den Wolken zwar gewohnt, sparsam mit der Atemluft umzugehen. Doch etwas mulmig war ihnen doch zumute, als der Schlitten immer weiter einer nicht zu ergründenden Tiefe entgegen sank. Sie zogen den Schlitten an, ohne dass der Weihnachtsmann ihnen erst den Befehl dazu geben musste, denn sie wollten möglichst bald aus dieser unheimlichen Wasserwelt wieder hinaus.

Da das Wasser nun das meiste Gewicht des Schlittens trug, konnte der Weihnachtsmann auch mit einer Kufe gut den Schlitten ausbalancieren, indem er einfach seinen dicken Bauch von einer Seite zur anderen schob. Von der fehlenden Kufe indes fand sich in dem absoluten Dunkel keine Spur.

Als der Weihnachtsmann resigniert die völlig fehlgeschlagene Bescherung abblasen und in den Himmel zurückkehren wollte, schwamm plötzlich, weit sichtbar mit einer vor sich baumelnden Laterne, ein Fisch an ihm vorüber.

„He Fisch!", rief er ihm zu. „Komm her! Du bekommst ein tolles Geschenk, wenn du uns hilfst."

Misstrauisch näherte sich der Anglerfisch.

„Solange es keine Angel mit Angelhaken ist, soll es mir Recht sein. Was sucht ihr denn hier unten? Dreht ihr einen neuen

James Bond Film? Oder ist vielleicht schon Fasching, so verkleidet wie du bist?"

„Uns ist eine Kufe des Schlittens ins Wasser gefallen. Vielleicht können wir sie ja mit Hilfe deiner Laterne finden."

„Keine Zeit! Meine Aktien fallen ins Bodenlose! Muss jetzt dringend zur Fischbörse! Eine Rezession auf dem Algenmarkt droht!"

Damit drehte der Fisch ab und hörte nicht mehr, wie der Weihnachtsmann hinter ihm her rief:

„Danke auch für die Hilfe! Ich wünsche dir eine Angel, an der du selbst bald hängen wirst!" Doch dann taten ihm seine Worte leid und er widerrief sie schnell:

„Gut, ich wünsche dir keine Angel, aber dafür einen Wurm, der so schrecklich stinkt, dass du ihn gleich wieder ausspuckst und von ihm auf immer Mundgeruch zurück behältst."

Obwohl die Suche nach der Kufe in der Dunkelheit aussichtslos war und das zweite Rentier auf die Leuchtziffer seiner Uhr zeigte, dass die vertraglich festgelegte Arbeitszeit bald überschritten wäre, jagte der Weihnachtsmann den Schlitten weiter über Muschel und Sand und durch eng stehende Tangwälder hindurch, über die das Dunkelgrau des Wassers wie Novembernebel hing. Wie einsame Wächter schwangen die baumlangen Fahnen der Stängel in der Strömung.

Zunehmend beunruhigt schaute der Weihnachtsmann auf seine Uhr, wie weit er den Bescherungstermin überschritten hatte. Im spiegelnden Deckglas über den Leuchtziffern sah er die enttäuschten Gesichter der vergeblich auf ihn wartenden Kinder.

Plötzlich sahen sie einen sich krümmenden und stöhnenden Wal, der sich durch den Tangwald wälzte und dabei beinahe den ohnehin wackeligen Schlitten umgeworfen hätte. Wütend rief ihm der Weihnachtsmann zu:

„So pass doch auf, du blöder Dickwanst! Willst du, dass mir der Schlitten noch ganz zu Bruch geht?"

Der Wal stöhnte gequält, riss das Maul auf und der Weihnachtsmann konnte dabei in das phosphoreszierend ausgeleuchtete Innere des riesigen Mauls bis zum Magen herunter blicken. Und was sah er? – Die Kufe des Schlittens steckte dort wie ein nicht beflaggter Fahnenmast auf einem Berg von Gerümpel.

„Was ist los mit mir?", fragte der Wal. „Mir ist so unglaublich schlecht."

„Kein Wunder", erwiderte der Weihnachtsmann. „Du hast die Kufe meines Schlittens verschluckt. Ich brauche sie, um den Kindern auf der Erde Geschenke bringen zu können."

Wie erleichtert war da der Wal!

„Jetzt weiß ich, woher das Drücken in meinem Bauch kommt! Es ist, als würde ich innerlich aufgespießt werden. Dabei sah das glitzernde Ding, das da so einfach vom Himmel fiel, so verlockend aus, dass ich es einfach schlucken musste. Aber so einfach gebe ich die schöne Kufe nicht her. Nur unter einer Bedingung."

„Und die wäre?", fragte der Weihnachtsmann.

„Ich will, dass du von nun an jedes Jahr an Weihnachten auch den Meerestieren Geschenke bringst."

Was blieb dem Weihnachtsmann übrig? Er versprach es dem Wal, obwohl er wusste, dass ihm die Gewerkschaft der Engel wegen der zum wasserdichten Verpacken der zusätzlichen Geschenke anfallenden Arbeitszeit Probleme machen würde.

Der Wal pfiff einen Oktopus herbei. Dieser schwamm in das riesige Maul des Meeressäugers, verkeilte sich dort mit sechs Beinen und versuchte, die Kufe mit den restlichen beiden Tentakeln herauszuholen. Doch sie stak so fest in dem Berg aus Bierkisten, Flaschen, Styropor und Tausend anderen Dingen, dass sie sich nicht lockerte. So musste dieser Berg erst Stück für Stück abgetragen werden. Das dauerte seine Zeit.

Inzwischen hatte sich die gesamte neugierig gewordene Unterwassertierwelt um den Wal versammelt. Da kam dem Weihnachtsmann eine Idee:

Während der Oktopus mit allen acht Armen schwer arbeitete, verteilte er das aus dem Bauch des Wals zu Tage geförderte Treibgut unter die Tierwelt. Der Einsiedlerkrebs erhielt eine Schwimmflosse als neues Zuhause, die Qualle eine Tauchermaske, in der sie sich eitel spiegelte, die Muräne eine zerplatzte Luftmatratze, in die sie sich einwickeln und verstecken konnte, die Nacktschnecke eine leere Konservenbüchse, der Taschenkrebs ein Handy und der Anglerfisch, der sich nun ebenfalls einfand, statt dem stinkigen Wurm die ihm zugedachte Angel (aber ohne Haken). Schließlich wurde die Schlittenkufe mit gemeinsamer Unterstützung aller aus dem Magen des Wals gezogen und mit Algenschnüren wieder fest unter dem Schlitten angebracht. Zuletzt erhielt der Oktopus als Lohn für seine Arbeit und weil er immer so sehr fror, aus einer im Magen des Wals versenkten Puppenstube vier Paar Kniestrümpfe und einen Schal.

„Jetzt aber schnell", sagte der Weihnachtsmann. Die Rentiere zogen und der Schlitten rauschte zur Wasseroberfläche. Bevor er in den Wolken verschwand, wiederholte der Weihnachtsmann sein Versprechen, nächstes Jahr zur Bescherung zurückzukommen. Und der Wal versprach, bis dahin eifrig Treibgut in seinem Bauch zu sammeln.

Triefend nass erreichte der Schlitten schließlich die ersten Häuser und der Weihnachtsmann verteilte die zum Glück trocken eingepackten Geschenke. Auf jeder Verpackung aber klebte, sehr zur Verwunderung der Kinder, ein Tangblatt, eine Muschel und ein Korallenzweig. Dies hatten die Barsche beim Warten auf ihre eigenen Geschenke auf die im Schlitten verzurrten Gaben mit Algenfäden befestigt.

Jedes Jahr musste nun der Weihnachtsmann (er hatte es schließlich versprochen) zwei Stunden früher wie gewohnt zur Bescherung tief unter den Meeresspiegel zu den dort lebenden Tieren aufbrechen. Dass sich die Tiere auf dem Land beschwerten, weil auch sie sich Geschenke wünschten, davon wollte er nichts wissen. Solange nicht, bis ....

Aber das ist eine andere Geschichte.

****

Soviel Anfang war nie

Als es begann, war es auch schon zu Ende. Obwohl es selten so viel Anfang gegeben hatte, blieb doch nicht mehr zurück, als die Erinnerung....

Etwas hing in der Luft. Die Gäste fühlten sich auf dem Geburtstagsfest in eine Welt versetzt, in der die Regeln ihrer Jugend wieder galten. Von den einzelnen Grüppchen, die mit einem Glas Sekt herumstanden, quoll aufgesetzt überreiztes und überbordendes Lachen und türmte sich zu einem brachialen Ausdruck an Lebensgier.

Was fand hier eigentlich statt? Geburtstag, ein runder, der 50-igste! Aber zugleich wurde an diesem Abend die Ehe der Jubilarin und mit ihr so manche Hoffnung, die an das Leben gestellt worden war, zu Grabe getragen. Über dem offenen Sarg einer längst verblichenen Jugend wurde hinweg getanzt. Jeder stürzte sich auf die neu ankommenden Gäste. Denn ein jeder wurde hier für jeden zum Rettungsanker. Die als dicke Schicht Schminke aufgetragene Lebensfreude war um Etliches zu grell geraten. Ein unstillbarer Hunger nach Leben hing in der Luft und gierte nach Erfüllung. Unverhüllt wurde tariert, wieweit die für diesen Zweck hergerichteten Körper noch auf diesem Fleischmarkt bestehen konnten. Suchende Augenpaare fanden sich schnell. Die schweren Parfüme benebelten die Köpfe. Alles roch nach dem brennenden Wunsch, heute nur nicht leer auszugehen.

Es schien, als wäre für diesen einen Abend ein Schlussverkauf noch nicht verramschter Träume angesagt, so dass jeder sich auf die Restware stürzte, um die nur noch spärlich bestückte Theke des Lebens abzuräumen. Nur ein alter Schäferhund lief mit gesenktem Kopf und herunter geklappten Ohren durch die wie ein Wald aufragenden Beine der Gäste.

Waren die Gespräche, die im Lärm der aufpeitschenden Musik ohnehin so gut wie überspült und weggeschwemmt wurden, wirklich so inhaltsreich, wie es die freudig angespannten Gesichter der Gäste andeuteten? Musste tatsächlich so viel Geschirr zerbrechen, als der Esstisch an die Wand geschoben wurde, um mehr Platz für die Tanzenden zu schaffen? Wieso stürzte ausgerechnet an diesem Abend der Spiegel vom Haken und zerschellte am Boden? Achtlos stampften die Tänzer auf den Scherben herum, die sich in den Teppich einspießten. Der Hund wusste zum Glück seine Pfoten gut zu setzen, so dass er ohne Schnittwunde durch den weiteren Abend kam.

Sie waren sich an jenem Abend eher zufällig in die Arme gelaufen, als das Buffet eröffnet worden war. Dana in ihrem auffallenden, eng anliegenden schwarzen Kleid, das ihre gut proportionierte Figur ausgezeichnet betonte. Dorian in seiner bewusst schlaksigen und Raum füllenden Art, der jedem Rivalen allein durch seine Gegenwart zeigte, wer hier das Sagen hatte. Seine im Tanz wie Windmühlenflügel kreisenden Arme schienen alle vier Wände zugleich erreichen zu wollen, um dort Haken einzuschlagen und das Netz zu spannen, in dem die von ihm ins Auge gefasste Schöne bald zappeln sollte.

Dana lächelte über dieses großspurige Auftreten, denn sie kannte viele solcher Männer, die ein massives und mit Stacheln bewehrtes Bollwerk vor sich her schoben, um dahinter ein kleines unscheinbares Puppenhäuschen verschanzt zu halten. Sie ließ sich von seiner Brunst umspielen und genoss es, die Dinge treiben zu lassen.

Das, was er vor ihr inszenierte, war bombastisch. Den steif nach hinten hinaus gedrückten, mächtigen Hintern, der sich über den Gürtel immer mehr ins Freie schob, je länger der Tänzer stampfte und tobte, hätte sie am liebsten von einem Sessel aus zurückgelehnt als

Schauspiel genossen. Doch aller Schweiß, der Dorian aus den Poren rann, diente allein dazu, ihr seinen Tribut zu zollen. Mit einer Stimme, die den Raum füllte, kommandierte er:

„He, die Musik lauter! Und etwas Flotteres könnte es auch ruhig sein! Wer bringt einem armen durstigen Mann mal ein Bier?"

Er war immer und überall um sie herum. Hier strich er wie zufällig mit der Hand über ihr Gesäß, dort rutschte er mit der Wange, die nach herbem Rasierwasser roch, an ihrem Gesicht vorüber. Und dabei stand, fern jeglicher Freude, fern allen Spaßes, fern der dahin plätschernden Sätze, die ihm süß wie Honig über die Lippen flossen, nur dieses eine Ziel in seinen Augen: Sie zu besitzen! Und dieses Ziel war in Bezug auf Aufwand, Rentabilität und Zeit hart kalkuliert.

Dana spürte, wie er ihr mit unverhüllter Gier ein Enzym einzuspritzen versuchte, durch das sie sich innerlich auflösen würde, um dann von ihm ausgesaugt zu werden Schon längst hatte er ihr im Geist die Kleider vom Leib gerissen, ohne dabei Rücksicht auf die Knopfleiste des sündhaft teuren Gewandes oder den Verschluss des BHs zu nehmen. Sie nahm es gelassen, denn sie sah in dem behäbig und schwerfällig sich im Tanz drehenden Bären den Jungen, der er einst gewesen und eigentlich immer noch geblieben war. Obwohl er es gewohnt war, über Menschen und deren Schicksale zu bestimmen, Weichen stellte und Spreu vom Hafer schied; obwohl dort, wo er auftrat, das Zentrum der Geschäftswelt war, Dutzende von Entscheidungen getroffen wurden, Kalkulation und Wachstum an erster Stelle standen, saß er noch immer im obersten Dachkämmerchen seines Puppenhauses und hing den unschuldigen Gedanken seiner Kindheit nach. Obwohl er in seinem eigenen Schweiß fast zerfloss, war er zufrieden, denn er wähnte sich schon als Gewinner des Abends und seinem anvisierten Ziele nahe.

Da schlich er sich wieder heran, der ziellos durch die Räume tapsende Hund mit den abgrundtief traurigen Augen. Er war der Verlierer des Abends. Nur Dana sah, wie sehr er litt, weil niemand sich die Zeit nahm, sich auch nur kurz zu ihm herunter zu bücken, ihn zu streicheln und ihm ein paar Worte in seine wunderbar duftenden Schlappohren hinein zu hauchen, dass alles wieder gut werden und die nächste Bratenscheibe allein für ihn bestimmt sein würde. An seinem verkniffenen Gesichtsausdruck sah sie ihm an, wie sehr ihn die Blase drückte, da auch niemand darauf geachtet hatte, den Hund ins Freie zu lassen, um sich entleeren zu können.

Die Gastgeberin war seit Stunden in ein Gespräch mit alten Jugendfreundinnen vertieft, während der abseits stehende, schon so gut wie entsorgte Ehemann seine samtige Trauer pflegte und das noch zarte Pflänzchen seines Plans in ein Kloster einzutreten, mit reichlich Rotwein wässerte.

Die Augen des Hundes leuchteten auf, als Dana mit der Leine auf ihn zutrat und ihn anleinen wollte. Freudig bellte er, sprach an ihr hoch und erntete von allen Seiten missbilligende Blicke.

Doch da war er schon zur Stelle, der Lokalmatador, riss ihr die Leine aus der Hand, warf sie in die Ecke und posaunte:

„Jetzt noch ein letzter Tanz! Nur für dich, mein Engel! Ehe wir uns dann endlich richtig kennen lernen!"

Der Hund sprang, in der irrigen Meinung, dass dieses Hopsen und Drehen der Beine nach wie vor ihm galt, an den Tanzenden hoch. Denn wenn selbst die Fütterung an diesem Abend vergessen worden war, so musste doch wenigstens dieser Spaziergang in den Park durchgesetzt werden! Doch niemand beachtete das Tier.

Enttäuscht und mit weit herunter hängenden Ohren schüttelte sich der Hund, während Dorian seine vermeintliche Beute nun in weiten Schritten umkreiste und dazu die Arme mit gespreizten Fingern über sie wie ein schützendes Zelt hob. Seine Augen leuchteten metallisch hart. Wieso hatte sie denn jetzt keine Augen für ihn, sondern bückte sich mitten aus einer Drehung des Tanzes heraus zu diesem Köter?

Dorian umfasste Dana besitzergreifend und hob sie mit seinen kräftigen Armen in die Höhe, stellte sie vor sich wieder auf die Beine und begann mit ihr in die Schrittfolge des inzwischen gespielten Tangos einzufallen. Sogleich sprang der Hund hoffnungsvoll auf und setzte dem Pärchen mit freudigen Sprüngen nach.

Wie nebenbei holte Dorian mit dem Fuß aus. Es sah zunächst aus, als wolle er eine interessante Schrittvariation versuchen. Doch er trat kurz und gezielt nach dem Tier, das sich augenblicklich mit einem fassungslosen Gesichtsausdruck in eine Ecke verzog. Beinahe hätte Dana, die sich im Tanz gerade drehte, das Unglaubliche nicht gesehen, doch im letzten Moment erhaschte sie aus den Augenwinkeln den auf den Hund zielenden Fuß.

Auf der Stelle ließ sie von dem Mann ab, eilte zu dem geschundenen Tier, kniete tröstend zu ihm nieder, nahm die Leine und ging mit ihm in den Stadtpark. Als sie zurückkam, beachtete sie den erwartungsvoll auf sie zukommende Dorian gar nicht mehr. Niemals wieder würde sie mit ihm auch nur ein Wort reden.

****

Die Begegnung

Auftakt

Soll ich lachen, weinen oder beides zugleich? Ich weiß es nicht. Natürlich nicht. Wie denn auch? Ich weiß nur, dass ich mich wie ein benutzter, verschlissener, verschmutzter, ausgepresster und dann weggeworfener Schwamm fühlte. Es ist eben passiert, ist wie ein Donnerschlag auf mich herab gefahren, hat alles in mir aufgerissen und ist genauso schnell, wie dieser Spuk über mich gekommen ist, auch wieder verschwunden. Doch mich hat es quer durch die Zeit zurück auf mich selbst gebogen, immer stärker, bis ich mit meinem Ausgangspunkt zu einem Ganzen verschmolzen war. Als wäre ich eine Schlange, die ihren eigen Schwanz ins Maul nimmt und sich zum Kreis schließt.

Süß und bitter zugleich war die Erinnerung, die als Erstes in mir hochschoss, als ich sie sah. Es war genau dieser unverwechselbare und quer durch die Jahrzehnte in mir erhalten gebliebene Geruch nach Zartbitterschokolade, der mir sogleich in die Nase stieg! Wie lange hatte ich nicht mehr an diesen Geruch gedacht! Als hätte ich eine Hand gepackt und brutal zurückgeschleudert, war ich durch ihn wieder an dem Punkt angelangt, von dem aus ich vor zwanzig Jahren aufgebrochen war. Zu neuen Ufern, wie ich dachte. Zu neuen Klippen, an denen ich zerschellte, wie es sich bald herausstellen sollte.

War es wirklich nur Zufall, wie ich es mir einreden wollte, ohne eigentlich daran zu glauben? Einen Schritt nur zur Seite, zwei Sekunden zuvor vor einem Zeitungsständer verharrt und die Schlagzeilen gelesen, erst eine Ampelschaltung später über die Straße gegangen und alles wäre für mich weiter in den gewohnten Bahnen gelaufen: Kein Schmerz, kein sich gegenseitiges Wehtun, kein hässlicher Fleck, auf den das Ganze später einmal in der Erinnerung zusammenschnorren wird. Wie oft mögen wir uns schon früher verpasst haben? In dieser Stadt war es jedoch unausweichlich, dass wir uns irgendwann wieder begegneten.

Vor und zurück

An den stetigen Veränderungen in der Stadt, in der ich schon seit Jahrzehnten lebe, merke ich, dass ich alt geworden bin. Bis zur Unkenntlichkeit haben sich die Straßenzüge verändert, sind Kneipen und Läden geschlossen worden, sind Freunde gestorben, ist das, woran mein Herz einmal hing, aus der Erinnerung der Stadt radiert worden. Manchmal fühle ich mich wie das letzte lebende Fossil einer längst untergegangenen Ära.

Dennoch sind es noch immer dieselben Augen, wie damals, als sie schutzlos und frierend im Regen gestanden war. Wie leid sie mir getan hat! Nach kurzem Zögern hatte ich ihr angeboten, unter meinen Regenschirm zu schlüpfen. Es ist, als ob seitdem kein einziger Tag vergangen sei.

Doch die Welt um mich herum belehrt mich eines Besseren. Daran, wie Passanten leicht gelangweilt an mir vorbeiblicken, spüre ich, dass ich es selbst bin, der einfach nur noch die Stadtlandschaft verstellt. Es sind nur Kleinigkeiten, aber an ihnen merke ich, dass es besser wäre, mich gäbe es nicht mehr und der durch meine Person beanspruchte Platz könnte sich schließen. Wäre die Welt dadurch nicht ein wenig freundlicher?

Jeden Tag seit dem Bruch habe ich an sie gedacht. Und dies Monat für Monat und Jahr für Jahr. In der Erinnerung bin ich eben ein treuer Hund, der nicht von dem Knochen ablässt, der ihm einmal von seinem Herrchen zugeworfen worden war. Herrchen oder Knochen – was davon ist sie mir eigentlich gewesen?

Da sie ohnehin in meiner Erinnerung stets gegenwärtig war, bedeutete es auch keine sonderliche Überraschung, als sie plötzlich und unvermittelt nach so vielen Jahren vor mir stand. Ich war auf dem Weg in mein neu gewähltes Stammlokal, als sie mit Plastiktüten vollgepackt aus einem Wollgeschäft heraustrat und fast mit mir zusammenprallte.

Viele Jahre hatte ich nach ihr wie nach dem lange schon angekündigten Messias Ausschau gehalten, ihr Erscheinen spätestens für den nächsten Tag bestimmt und dann notgedrungen immer weiter bis zu einem nur im Ungefähren angesiedelten Zeitpunkt hinausgeschoben. Irgendwann, so war mir stets bewusst, würden wir uns wieder begegnen, um das zu vollenden, was ich damals abgebrochen hatte. Ich hatte es abgebrochen, um weiter leben zu können, wie ich dachte. Doch dann musste ich feststellen, dass ich nicht ohne sie leben konnte.

Jetzt stand sie wirklich vor mir und ich brauchte einige Zeit, bis ich das auch begriff. Heute also war dieser Tag endlich gekommen, den ich nicht mehr greifbar vor mir, sondern nur noch als schwaches Licht in der Ferne flackern gesehen hatte.

Ich musste unwillkürlich lachen, als ich sie sah, weil sich an ihr auf den ersten Blick so gut wie nichts verändert hatte. Vor mir stand exakt das Bild aus meiner Erinnerung, das jeden Morgen für einen kurzen Augenblick neben mir im Bad im Spiegel erschien und das Köpfchen so sanft wie das einer Taube an meine Schulter legte. Während der alte, faltige, in die Breite gegangene Kerl, an den sie sich lehnte, mit einem Grinsen behauptete, ich selbst zu sein, blieb sie stets unverändert.

Zwar hatte sie sich nicht verändert doch zugleich steckte auch sie jetzt in einer älteren, fülligeren Hülle. Stolz trug sie das grau gewordene, ungefärbte Haar, das ihr in derselben, wie vom Wind gebeutelten Art, in Locken auf die Schulter fiel. Für mich indes strahlte sie nach wie vor dieselbe jugendliche Anmut und Frische aus – wie bei unserer ersten Begegnung. Nicht zuletzt deshalb, weil ich in diesem Blick, mit dem sie mich bannte, wie in eine sich plötzlich unter mir öffnenden Falltür hinein plumpste und alles Andere um mich herum versank.

Es war genauso wie damals. Wieder erfüllte sie nun die ganze Welt mit ihrer Präsenz und mit diesem strahlenden, mich vereinnahmenden Lachen, mit dem sie ihre kräftigen Zähne zeigte. Ich spürte, sie war zum Biss und für die nächste Runde bereit.

Ich sah ihr an der Nasenspitze an, dass sie unterwegs auf der Suche nach einem neuen Leben war. Sie dünstete Verlangen und eine unselige Gier nach Neuem aus. Ich wusste, für sie gab es nicht dieses erschöpfende Kräftespiel, wer wen aus der Spur drängen würde, wie es sich bei mir auf sehr einseitige Weise seit vielen Jahren in Beziehungen mit Frauen verhielt. Ich hatte bei diesem Spiel immer verloren. Sie jedoch hielt Stand und behauptete nicht nur ihren Platz, sondern bildete das Zentrum, um das herum sich die Welt zu organisieren hatte. Dieses Selbstbewusstsein leuchtete aus ihr und überdeckte für mich alles um uns herum. Wir beide – das war das Einzige, was jetzt noch für mich zählte.

Ich gerate ins Schwärmen. Was bin ich nur für ein elender Schreiberling! Dabei wollte ich doch zügig und spannend erzählen, wie sich die Geschichte zwischen uns weiter entwickelte. Nun habe ich alles wie Kraut und Rüben durcheinander geworfen. Noch immer, selbst aus der Erinnerung heraus, versteht sie es, mich zu überrumpeln und meinen Geist lahm zu legen. Wie damals, als sie zum ersten Mal vor mir stand. Also husch, husch, zurück zum Anfang!

Begegnung

„Ist das denn die Möglichkeit! Hallo Jacky! Bist du es wirklich?"

Was für ein alberner Name. Außer ihr hat mich niemals jemand so genannt. In meinem Gehirn ratterten Datenströme, flatterten Bilder, flogen Gedankenfetzen wahllos durcheinander, ohne sich zu ordnen. Dabei wusste ich doch genau, wer vor mir stand. Die Stimme ließ mich zusammenfahren, während in mir das verstaubte Fotoalbum jener Jahre aufklappte und der Wind der Erinnerung durch die Seiten fuhr. Ich roch den unverwechselbaren Duft von Mandeln und Bitterschokolade, der von ihr ausging. Und wieder verschlug es mir den Atem.

Sie hatte ihre Tüten fallen gelassen und ihre kräftigen Arme um mich geschlungen. Dabei drückte sie mich in ihre weiche Körperfülle, in der ich zu versinken drohte. Wie ein nasser Wollwintermantel hängte sie an mir und zog mich mühelos in die Welt hinüber, die wir uns damals gemeinsam zusammengebastelt hatten. Die Wellen aus fernen Zeiten schlugen über mir zusammen und ich sah die Gegenwart über mir wie die schnell kleiner werdenden Rücklichter eines Zuges, den ich verpasst hatte.

Bisher waren nur wenige Sekunden vergangen und dennoch hatte dies ausgereicht, um mich aus allen Bezügen zu heben. Die dumpfe und schwere Wärme ihres Körpers schlug zu mir durch, als hätten wir uns auf offener Straße sämtlicher Kleider entledigt und würden nun nackt mit vom Liebesspiel verschwitzten Leibern zusammenkleben. Nicht anders als damals fraß sie mich auf der Stelle mit Stumpf und Stiel, schlürfte mich wie eine Auster aus, quetschte mich wie ein letzter Rest Senf aus meiner bis zur Neige zusammengerollten Lebenstube heraus. Alle Jahre, die seit unserer letzten Begegnung vergangen waren, wurden mit dem Schwamm ihres Geruchs von meiner Lebenstafel gelöscht. Ich wurde wieder zu dem Jugendlichen von damals, der frisch in die Stadt gekommen und durch den Zufall eines überraschend einsetzenden Regengusses über sie gestolpert war. Während ich noch glaubte, ihr mit meinem Schirm Schutz vor dem Regen zu bieten, hatte sie mich schon unter ihre Fittiche genommen, um mich von da ab von der übrigen Welt abzuschirmen, zu behüten und vom Leben abzuschneiden. Umhüllt von dem undurchdringlich dicht gesponnenen Kokon ihrer Liebe, drang nur noch das aus der Welt zu mir durch, das zuvor die Kontrollinstanz ihrer Augen passiert hatte.

Plötzlich erinnerte ich mich wieder an dieses Ausgeliefertsein. Es war wieder das Gefühl, jeden Augenblick mit Haut und Haaren verschlungen zu werden. Ich glaubte zu ersticken, musste mir Luft verschaffen! Diesmal würde ich mich rechtzeitig wehren, ehe es wieder zu spät dazu war.

Sachte schob ich sie von mir fort, richtete sie gegen ihren Widerstand auf, so dass sie auf ihre eigenen Beinen wieder zu stehen kam. Ich musste alle Armmuskeln anspannen und einsetzen, denn sie besaß als einstige Landesmeisterin im Stabhochsprung über ganz erstaunliche Körperkräfte, die ich auch früher deutlich zu spüren bekommen hatte, wenn wir miteinander im Bett aus Spaß oder auch nicht aus Spaß rangen. Derselbe verhangene Blick traf mich, fragend, weshalb ich mich nicht mit ihr in diesen wunderschönen Gefühlsdusel hinein fallen lassen wollte, ausgeklinkt aus Raum und Zeit, fern von hier, bei uns selbst angekommen, gerade so wie gestern vor zwanzig Jahren. Ich aber wollte nicht. Dennoch staunte ich darüber, wie diese weise blickenden Augen, die mich nun wie eine Schildkröte aus einem Faltenmeer anblitzten, wie dieses leicht empörte und doch zugleich erstaunte Lachen jegliches Altern von sich abzustreifen verstanden. Da gab es keine Scharten und Narben wie bei mir, sondern nur reine Präsenz.

Sie fühlte wohl ihre Beute davon schwimmen und fing mich sogleich mit ihrer Stimme wieder ein:

„Komm mit zu mir! Dieses Wiedersehen müssen wir feiern! Ich koche uns was Feines. Du magst sicherlich immer noch gedünsteten Fisch, pur, ohne jegliche Verunreinigung durch Gemüse? Weißt du, dass ich gerade letzte Nacht von dir geträumt habe?"

Sollte ich ihr sagen, dass ich seit damals nahezu jede Nacht von ihr träumte? Sie ließ mir keine Zeit dazu, denn sie schlang den Arm um meine Hüfte, hielt mir auffordernd ein paar ihrer Tüten zum Tragen hin, presste mich wie früher an sich heran und zog mich mit zu ihrer Wohnung im nahegelegenen Mietblock.

Ich spürte die Wärme, die ihr Becken, das sich an mir rieb, auf mich übertrug und die mit der Wärme ihrer Stimme zu einem Lavafluss, der mich umströmte, verschmolz. Sie hatte in den Jahren noch weiter an körperlicher Intensität gewonnen. Ich hörte ihr zu, gab mich dem Augenblick hin und wusste, dass ich ihr von nun an nichts mehr entgegen setzten konnte. Der Widerstand gegen die Umarmung war das letzte Aufbäumen gewesen, das Unvermeidliche noch ungeschehen zu machen. Bald standen wir vor dem Haus.

„Du wohnst immer noch hier, Grit? Nach dieser langen Zeit? Das ist doch kaum möglich!"

Schon nahm uns der dunkle Hausgang unter dem Klang ihrer perlenden Stimme auf. Gab es das denn noch in der jetzigen Zeit, dass es in einem Haus so intensiv nach Bohnerwachs riechen konnte? Oder war ich bereits durch ein Zeitfenster zurück in die damalige Zeit gefallen?

Kinder schrien von irgendwoher. Waren es ihre Kinder? War sie inzwischen verheiratet? All diese Fragen kümmerten mich nicht wirklich, denn gleich würde sich alles ohnehin von selbst beantworten. Wo waren nur die Jahrzehnte geblieben? Alles war jetzt wieder so wie gestern, bevor ich sie Hals über Kopf verlassen musste, um mich zu retten.

Die Wohnung

Ich brauchte ihre Wohnung gar nicht zu betreten, um zu wissen, dass nahezu alles unverändert geblieben war. Allein der intensive Geruch nach Küchenkräutern und Lilien, der mich dumpf würzig und schwer empfing, reichte dazu aus. Ehe ich mich überhaupt umsah, wusste ich, dass die Wohnung nach wie vor kuschelig mit unzähligen Kissen, Deckchen, Puppen und Plüschtieren wie eine Höhle zum Überwintern eingerichtet war. Eine Wohnhöhle, die so war, wie sie selbst. Genauso wie heute war es auch damals gewesen. Eintreten in ihre Welt, sich wohl fühlen und allen sonstigen Dreck der Welt draußen vor der Tür auf dem Abstreifer zurück lassen! Inzwischen musste ich wohl selbst innerlich mit Plüsch ausgeschlagen sein!

Es ist erstaunlich, mit welcher Akribie die Wohnung bis ins letzte Eckchen hinein mit all diesem liebevoll gesammelten Krimskrams überbordend vollgestopft war. Alles hatte hier seinen ganz eigenen Platz gefunden. So, wie ich damals und von jetzt an wieder.

Das Begehen der Wohnung bedeutete ein ständiges sich Bücken, Ausweichen und Innehalten, da der Boden mit Pflanzenkübeln vollgestellt war, sich von der Decke Orchideen rankten, Stolperkuschelhöhlen den Weg versperrten oder Marionetten an ihren Fäden herabbaumelten. Dazwischen ausgestreut lag Hausrat herum, über die Zimmer hinweg verteilt, wie es ihr gerade in den Sinn gekommen sein musste. Für sie war es nach wie vor kaum möglich, zügig von einem Ende der Wohnung zum anderen zu gelangen, da hier die Nase in eine Gewürzdose gesteckt, dort ein Blümchen aufgerichtet, hier ein Blättchen gezupft, dort wieder ein herunter gepurzeltes Bärchen zurückgestellt werden musste, so dass sie, wenn sie mitten in der Wohnung angelangt war, oft längst vergessen hatte, weshalb sie den Weg überhaupt unternommen hatte. Doch war sie in dieser konsequent durchgehaltenen Lebensführung nicht einfach nur grandios? Die Wohnung war das Spiegelbild ihrer selbst. Einmal mich in ihr um die eigene Achse gedreht und ich hatte mich schon verloren.

„Erkennst du alles wieder? Es steht zwar nicht mehr alles exakt an derselben Stelle. Zuviel kam dazu. Aber die Grundstruktur ist gleich geblieben. Schau nur: Selbst diese Puppe hier und das Lebkuchenherz dort an der Wand habe ich aufgehoben!"

Sie deutete mit einem Blick auf die beiden Gegenstände, als müsste ich sie wieder erkennen. Ich konnte mich jedoch nicht erinnern. Dabei stand auf dem Herzen in Zuckerspritzguss:

In ewiger Liebe. Dein Jacky

Das solle ich ihr einst wirklich geschenkt haben? Und erst recht diese grell geschminkte Porzellanpuppe mit den erloschenen Augenhöhlen, die einem irgendwann gesehenen Gruselfilm (womöglich mit ihr zusammen?) entstammen könnte? Sie zeigte weitere Dinge, die ebenso in irgendeinem Bezug zu mir stehen sollten. Nichts davon kam mir bekannt vor. Nur diese typische, leicht verschrobene und dennoch behagliche Heimeligkeit als Gesamtbild schlug sanft eine Saite in meiner Erinnerung an.

„Sag nichts! Ich weiß selbst, dass ich ein verkappter Messie bin. Ich kann eben nach wie vor nichts wegwerfen. Selbst dich nicht, wenn du mir nicht einfach von selbst abhanden gekommen wärst. Aber wie du siehst, kehrt alles wieder früher oder später an seinen angestammten Platz zu mir zurück."

Ich nickte ihr bestätigend zu. Sie hatte absolut Recht. Das Seltsame daran war, dass mir die Art, wie sie dies aussprach, keinerlei Angst machte. Obwohl sie sich dazu mit der Zunge die kirschrot geschminkten Lippen leckte und laut schmatzte. Zunächst meinte ich, mich verhört zu haben. Aber dazu war das Geräusch zu deutlich gewesen.

Alles war wie damals. In der absolut überhitzten Wohnung wurde mir schwindlig und ich fiel in diesem weichen, kuscheligen und bequemen Nest auf den nächsten Sessel und versank sogleich tief in die Kissen hinein. Zu lange schon – Jahrzehnte lang – war ich auf den Beinen gewesen.

Als ich aufwachte, roch es deftig und Dunstschwaden durchzogen die Wohnung. Ich richtete mich auf, schob die über mich ausgebreitete Decke zur Seite und hörte sie in der Küche werkeln.

Sie hatte mir Schuhe und Hose ausgezogen. Wie damals fühlte ich mich auch jetzt von ihr von Kopf bis Fuß eingehäkelt. Mir fiel wieder ein, dass sie tatsächlich andauernd gestrickt oder gehäkelt hatte: Pullover mit Hirschgeweih und Schlitten, Pulswärmer, Pantoffel, Strickjacken – nahezu alles, was ich damals trug, hatte sie mir mit ihren Stricknadeln an den Leib gearbeitet.

Das Essen kam auf den Tisch, als ich mit dröhnendem Schädel aufstand. Ich fühlte mich, als hätte mir jemand mit der Bratpfanne einen Schlag auf den Kopf versetzt. Schon immer konnte sie abartig gut kochen und besaß dazu die Gabe, selbst aus Abfällen ein Prachtmahl zu zaubern.

„Das schmeckt toll! Was ist das denn?"

„Machst du bitte die Weinflasche auf? Du weißt doch, dass Resteverwertung meine Spezialität ist. Neben dem Fisch übrig gebliebene Bratkartoffeln von letzter Woche, Zwiebeln und Knoblauch, Speckwürfel: Eins, zwei, drei, fertig! Wie angekündigt: Dein Lieblingsessen!"

Ich staunte. Dieses seltsame Sammelsurium, das dennoch schmeckte, sollte ich jemals zuvor gegessen haben? Ich schenkte ein und sie deutete mit listig vergnügtem Augenaufschlag auf die Flasche:

„Kaiserstuhl Tuniberg. Immer noch dein Lieblingswein, nicht wahr? Ich wusste, dass du kommst."

Ich nickte, denn ich wagte nicht zuzugeben, dass ich inzwischen nur noch italienische Rotweine aus Zweiliterflaschen, die im untersten Regal im Supermarkt standen, trank. Es war auch egal. Hatte ich dieses pappig süßliche Gesöff wirklich einmal gemocht? Ich spürte, wie die Maschen ihres selbst gehäkelten Netzes, in dem ich mich verfangen sollte, über mich fielen. Instinktiv wehrte ich mich dagegen, indem ich versuchte, die Situation durch Überspitzung ins Komische umzubiegen:

„Alles hier erscheint mir so, als hätte es nur auf mich gewartet. Hast du etwa 20 Jahre lang damit gerechnet, dass wir uns genau heute wieder treffen würden?"

Statt eines spöttischen Lachens oder einer entsprechend abfälligen Antwort, wie ich es mir wohl erhofft hatte, um die Situation aufzulockern, schwieg sie und schaute mich in dieser durchdringenden Art an, die ich nur als klebrig bezeichnen konnte.

Und doch:

Mit demselben saugenden Blick, wie er mir aus der Erinnerung an unsere gemeinsame Zeit sogleich wieder aufstieg, hing sie an mir und zog mich über den Tisch zu sich heran. Diese auf so unschuldige Weise gestellte Frage nach der Beschaffenheit der Welt, die in ihren sich stetig weitenden Kinderaugen stand, konnte nur mit einem Kuss auf die Stirn beantwortet werden! Endlich hatte ich diesen fast vergessenen Blick wie ein verloren geglaubtes Erbstück wieder gefunden! Und mit der Berührung ihrer Haut durch meine Lippen fiel ich vollends auf mich als mir selbst verloren gegangener Sohn zurück und der um uns geschmiedete Kreis schloss sich harmonisch. Ich steckte wieder in dem Körper von damals, zunächst noch in den verschlissenen Sachen, die jedoch durch von ihr selbst gefertigte Kleidung ausgetauscht worden waren. Die alten Sachen hatte sie diskret nach und nach entsorgt. Durch den Kuss auf ihre Stirn war mein Widerstand gebrochen. Wie selbstverständlich war sie wieder Teil meiner Welt geworden, wie auch ich mich in ihr Leben einzufügen bereit war.

Doch da stand sie, kaum, dass meine Lippen sich von ihrer Stirn lösten, abrupt auf, als wollte sie Abstand zwischen uns schaffen. War ich zu weit gegangen? Aber nein, sie schob nur das Geschirr zur Seite und holte ein Fotoalbum, das vorbereitet auf der Anrichte lag. Sie schlug es auf, während sie sich dicht neben mich auf denselben Stuhl setzte und sich schnurrend wie in Kätzchen an mich schmiegte.

Der Geruch

Grit hatte ein Fotoalbum angelegt, das die gesamte Zeit unserer Beziehung abdeckte. Das Album enthielt fast ausschließlich Bilder von mir, außer den wenigen von Anderen geschossenen Fotos, die uns als Paar zeigten.

Von Seite zu Seite, die durch unsere Hände glitt, wobei sich unsere Finger wie zufällig immer wieder kurz berührten, erstarrte ich mehr. Dieser Mensch dort, der mir so eigentümlich selbstzufrieden entgegenblickte, war mir vollkommen fremd. Ich konnte nur einer seltsamen Verwechslung zum Opfer gefallen sein. Da spielte jemand mich, imitierte ein Leben an ihrer Seite, das ich niemals geführt haben konnte! Denn an keine der dort gestellten Szenen konnte ich mich erinnern, so sehr sie auch lachend darauf zeigte und sie mit erzählten Details zu einem dichten Gewebe anreicherte. Sollte ich wirklich nackt auf einem Kleiderschrank gehockt sein, um gleich nach dem geschossenen Foto von ihm herabzustürzen? Oder dieser Hintern, der sich da ebenfalls nackt aus einem Ruderboot in die Höhe reckte, während ich den aus der abgelegten Hose gefallenen Hausschlüssel auf dem Boden des Bootes suchte, der sollte ein Teil von mir sein? Und dieser Kerl da mit roter Pudelmütze und weißem Plüschbommel auf dem Berggipfel, der mit einem Wurzelstock winkte. Das sollte ich sein? Immer nur ich an der Seite dieser Frau?

„Erinnerst du dich daran? Weißt du noch, wie du …….?"

Grit kommentierte weitschweifig jedes einzelne Bild, als müsste sie mir die fehlende Information ins Gehirn einbrennen, damit sie jederzeit bei mir auf Anfrage hin abgerufen werden könnte. Jede eigentümlich erkaltet wirkende, wie im eigenen Fett erstarrte Szene behauchte sie so lange mit ihren wärmenden Worten, bis das Bild den Schein des Todes von sich streifte, zu leben begann und aus seinem Rahmen zu uns übertrat. Sie strickte engmaschig an unserer Geschichte, ohne meine Versuche, mich dagegen zu sträuben, dieses neu von ihr geschneiderte Kleidungsstück übergestreift zu bekommen, ernst zu nehmen.

Je mehr Bilder ich sah, desto fremder wurde ich mir und rückte innerlich immer weiter von ihr fort. Möglich, dass sie spürte, wie ich mich zusehends von ihr entfernte. Denn plötzlich, zu später Stunde, als kein Bus mehr fuhr, bot sie mir die Couch zum Übernachten an, während sie selbst sogleich im Schlafzimmer verschwand.

Wäre ich nicht von dem Wein zu benebelt gewesen, ich wäre noch in der Nacht trotz des weiten Weges aufgebrochen. Doch schwer und matt, wie ich war, blieb ich, legte mich auf die Couch und hörte zu, wie sie nach einiger Zeit ins Bad ging und das Wasser dort rauschte. Durch die halb offen stehende Tür sah ich sie nackt vor dem Spiegel stehen, schaute ihr zu, wie sie sich abschminkte und dabei prüfend ihr Gesicht betrachtete. Sah sie sich jetzt ebenso, wie ich sie über die Jahre in Erinnerung behalten hatte? Oder erblickte sie jetzt die Kluft, die die Zeit zwischen uns gelegt hatte?

Plötzlich drehte sie sich um und schaute mich vom Bad aus wissend an. Unter ihrem Blick fühlte ich mich, als überprüfte sie meinen Ernährungszustand, ob ich genug gemästet und für den vorgeheizten Backofen bereit wäre. Sie schlang sich ein Handtuch um die Hüfte und kam zu mir, beugte sich über mich und der Geruch nach Bitterschokolade hüllte mich ein. Ihr Kuss blieb trocken auf meinen Lippen kleben, als wäre er nur für eine Filmszene gestellt. Ich zuckte unter der Berührung zusammen. Alles zwischen uns schien auf einmal falsch zu sein. Sie atmete mir entgegen, ich aber zögerte, die Arme nach ihr auszustrecken. Es dauerte noch nicht einmal einen Atemzug, vielleicht nur einen Wimpernschlag lang, dann war es auch schon überstanden. Das mächtige Kraftfeld, das sich zwischen uns aufgebaut hatte, fiel in sich zusammen. Sie richtete sich auf und mit geschlossenen Augen hörte ich, wie sie die Schlafzimmertür hinter sich zuzog.

Ich war verwirrt. Mit diesem Abend hatte sie mir meine verlorene Jugend zurück geschenkt. Die Fotos, zum Leben erweckt, tauchten vor mir auf. Ich knipste das Licht an, holte das auf der Anrichte liegende Album und ging nochmals die einzelnen Bilder durch. Jetzt wurden die Bilder wieder ein Teil von mir selbst, als hätten sie diese Zeit bedurft, um sich mir wieder angleichen zu können. Ich war bei mir angekommen, hatte mich angedockt, war zugleich mit der auflodernden Hoffnung erneut in der Falle.

Keine Luft

Das reichliche und ungewohnt schwere Essen sowie der klebrig süßliche, viel zu süffige Wein forderten ihren Tribut. Ich sackte wie ein Stein, der in einen klaren Bergsee geworfen wurde, weg und sank einem morastigen Boden entgegen, der mich zunächst weich aufnahm. Doch dann brach ich durch den Schlamm hindurch, fiel immer schneller und schneller im freien Fall und prallte schließlich auf einem Felsgrund auf, wo ich wie eine überreife Frucht zerplatzte.

Schweißbedeckt schreckte ich hoch, sah mich um, froh darum einem Traumbild aufgesessen zu sein. Doch zugleich spürte ich ihren Körper neben mir. Sie schlief tief. Ich legte mich sacht wieder neben sie, wobei ich darauf Acht gab, sie nicht zu wecken.

Doch entweder hatte sie die Erschütterung wahrgenommen oder sie hatte darauf gewartet, dass ich mich rühren würde – sie drehte sich sogleich zu mir um. Als sich dabei ein Arm von ihr um mich legte, erinnerte sich mein Körper sofort. Genauso war es gewesen! Stets hatte sie mich rechtzeitig wie eine ausgeworfene Boje wieder ins Boot geholt, bevor der Sturm des Lebens über mich gekommen wäre. Sie murmelte mir etwas ins Ohr, so dass ihr heißer Atem tief in mich eindrang. Dann schob sich ihr muskulöser Oberschenkel über mich. Wie eine Schlange wand sie sich dabei um meinen Körper und nahm mich in sich auf. Ich wurde wieder zu einem Teil von ihr, war in ihr eingebettet, von ihr umhäkelt, eingestrickt und atmete dabei die schwere Luft, die sie ausatmete. Je länger unsere aneinander klebenden Körper zusammen hafteten, desto mehr hatte ich das Gefühl, dass mein Blut durch die sich zwischen uns auflösenden Hautschichten zu ihr hinüber strömte. Ich spürte, wie ich zusehens schwächer und von ihr wie von einer Spinne ausgesogen wurde. Es war wie damals, als sich dieses Spiel jede Nacht wiederholt hatte. Bis ich dann eines Tages mitten in der Nacht aufgebrochen war.

Auch jetzt versuchte ich mich von ihr zu lösen. Doch ihr Bein hatte sich starr wie ein Metallhaken um meinen Körper verklammert. Als sie meine Abwehrbewegungen spürte, schob sie auch das zweite Beim über mich. Noch immer besaß sie die Kräfte der einstigen gut durchtrainierten Sportlerin. Je mehr ich mich unter ihr frei zu kämpfen versuchte, desto enger schien ich mich dabei in das von ihr gesponnene Netz einzuwickeln. Ihr zu Blei gewordenes Körpergewicht nahm mit meinen heftiger werdenden Abwehrbewegungen zu und drohte mich zu erdrücken.

Beklemmung, Atemnot, das Gefühl, auf der Stelle los schreien zu müssen. Es war wieder zwischen uns, wie es immer gewesen war. Wie hatte ich das nur vergessen können! Erst jetzt hatte sich die Zeit, die seit jenem Aufbruch mitten in der Nacht vergangen war, zu einem teuflischen Kreis auf mich selbst hin zurückgebogen. Die Furcht, aus dieser Verklammerung niemals mehr zu entkommen, saß mir wie damals wieder im Nacken. Ich geriet bei dem Gedanken, von diesem Vampir ausgesogen zu werden, bis nur noch eine leblose Hülle übrig bliebe, in Panik.

Nun erkannte ich, dass alles, was wir als gemeinsame Zeit definierten, nichts als eine einzige Lüge war. Wie konnte es nur sein, dass ich diese, Nacht für Nacht sich wiederholende beklemmende Situation vergessen hatte, als wäre sie niemals geschehen? Ich hatte mich über die vielen Jahre hinweg, in denen ich mich nach ihr sehnte, nur selbst betrogen. Die Zeit in meiner Erinnerung mit ihr war nichts anderes als ein selbst erdachtes Märchen, das so niemals stattgefunden hatte. Jetzt war ich plötzlich auf das wirkliche Damals zurückgeworfen und ich konnte mich erinnern: Genau wie damals fühlte ich mich wie ein an Land geworfener und nach Sauerstoff ringender Fisch.

Ich bäumte mich hoch und warf sie von mir herunter. Ehe sie wieder nach mir greifen konnte, war ich aus dem Bett gesprungen. Ich schrie und tobte, eilte zum Fenster, riss es auf und warf das Fotoalbum auf die Straße hinunter. Plüschkissen, Häkeldecken, Bärchen und Stofftiere folgten. Sie sah mir vom Bett aus zu, die Knie angezogen und den Kopf auf die Knie abgelegt, wobei sie auf und ab schaukelte und eine Melodie summte, mit der sie mich früher oft bis tief in den Schlaf hinein begleitet hatte. Darüber kam ich zur Besinnung. Ich wunderte mich, dass sie mir in meinem Toben nicht Einhalt geboten hatte. Aber sie sagte nur:

„Wie damals! Genauso! Es hat sich wirklich nichts zwischen uns verändert!"

Abermals wütend, schrie ich zurück:

„Alles hat sich verändert! Zwischen uns war alles nur Lüge! Ich steige aus diesem Spiel aus! Für immer!"

Mit diesen Worten suchte ich meine Sachen zusammen. Die Kleider unter den Arm geklemmt, eilte ich aus der Wohnung und zog mich erst im Hausflur an. Da kam sie mir nach. Halb nackt rannte ich die Treppen hinunter, während sie mir dicht auf den Fersen folgte. Endlich umfing mich wieder die Nacht und ich spürte, wie die Fäden des Netzes, das sich wie ein eng geschnürter Kokon um mich gelegt hatte, unter der kalten Nachtluft zerrissen.

Ich lief weiter und horchte, ob sie mir folgte. Doch es blieb still hinter mir. Am Ende der Straße blieb ich stehen und schaute auf das Haus zurück. Da sah ich sie, wie sie sich bückte und die von mir aus dem Fenster geworfenen Gegenstände einsammelte, dabei den Schmutz und die Nässe aus dem Stoff strich, Scherbe um Scherbe der zersplitterten Porzellanpuppe aufhob und das zerbrochene Lebkuchenherz wieder zusammenfügte. Der Anblick berührte mich und übte einen seltsamen Sog auf mich aus. Mit Gewalt riss ich mich los und eilte weiter.

Ich lief in ein neues Leben hinein. Zuvor war ich tot gewesen, ein lebender Toter, ein Zombie, der sich Kraft der Erinnerung auf den Beinen gehalten hatte. Aus einer Erinnerung, die, so wusste ich nun, nur eine selbstgehäkelte Lüge war. Doch das Schicksal hatte mir eine zweite Chance gegeben. Von jetzt an würde ich wahrhaftig leben, auch wenn es mich dadurch nur dem nächsten Tod entgegen führte.

****

Die Entenfrau

Frühmorgens liegt eine Stille über dem See, als wäre er über Nacht in Watte eingepackt worden. Nebelschwaden steigen auf und hüllen zart die verschlafen auf dem Wasser dümpelnden Enten ein.

Der Tag ist noch unverbraucht und wirkt unschuldig wie frisch aus dem Ei schlüpft. Die Amseln pfeifen sich die neusten Nachrichten des Vortages zu und hin und wieder zieht ein Pfeil aus Wildgänsen schnurgerade über den Himmel hinweg. In der Ferne ist das Rauschen der Autos zu hören, die ihre Fahrer zur Arbeit bringen. Durch die Parkanlage rings um den See trottet ein verschlafener Hund neben seinem nicht weniger müde aussehenden Herrchen. Sie haben alle kein Auge dafür, was sich unterdessen am Seeufer abspielt.

Zu dieser Stunde ist es noch möglich, nackt im See zu schwimmen. Etliche ältere Herrschaften praktizieren dies die warme Sommerzeit über und lassen sich selbst von Regenschauern nicht abschrecken, da die Wassertemperatur frühmorgens zumeist noch über der Lufttemperatur liegt, obwohl an diesem Morgen die Sonnenstrahlen schon im Gesicht kitzeln.

Die wenigen frühmorgendlichen Badegäste, zumeist ergraut, kennen sich, grüßen einander und halten, wie die Amseln auf den Bäumen, Schwätzchen am Ufer. Dabei tragen sie ihre ausladenden Bäuche stolz wie ein mühsam erworbener Besitz von sich her. Lageberichte zur Wasserqualität, zum Verschmutzungsgrad sowie zur Wassertemperatur werden ausgetauscht und dabei auch einige Befindlichkeiten angesprochen.

Jeder von ihnen hegt seinen eigenen kleinen Spleen. Bei dem Herrn hier sind es die Badelatschen, die bis zum Uferrand getragen werden, um dort gegen die eigentlichen Wasserschuhe ausgetauscht zu werden. Die Dame dort pflegt genüsslich die allmorgendliche Zeremonie, alle erreichbaren Hautpartien abzuklopfen, die sich unter der Behandlung schnell röten. Der spindeldürre Herr links im Bild wirft an langer Leine ein Badewasserthermometer ins Wasser, schaut auf die Uhr, holt es wieder ein und betrachtet stirnrunzelnd die Skala, als müsste er auf Grund des Befundes erst noch entscheiden, ob er heute seinen ausgemergelt wirkenden Körper wirklich dem Wasser anvertrauen wird.

Auch ein paar Dutzend Enten pflegen ihre Eigentümlichkeiten. Sie schnäbeln, gründeln durch den Schotter und jagen hintereinander her. Doch heute sind sie ganz besonders aufgeregt. Ihr Schnattern erfüllt die Luft und übertönt selbst die lauthals geführte Unterhaltung zweier sehr beleibter Frauen, die sich in grellgelben sowie quietschrosaroten Schwimmreifen auf dem Wasser treiben lassen. Plötzlich flattern die Enten in die Höhe und stürzen sich auf das von vorstehendem Gebüsch abgeschirmten Stückchen Ufer, das noch völlig im Schatten liegt. Sie wollen sich gar nicht beruhigen, ohne dass für die neugierig gewordenen Schwimmer die Ursache erkennbar wäre.

Bald schon wird sich der morgendliche Nebel gänzlich verflogen haben. Dann setzt wieder der normale Badebetrieb mit dem Geschrei der Kinder, den Horden Badender und den Massen den See umrundenden Jogger und Fahrradfahrer ein, die dann selbst die letzten stillen Winkel überfluten. Paddelboote, Tretboote, Luftmatratzen, schwimmende Inseln nebst dazugehöriger Palme aus Plastik, Ruderboote bevölkern dann den See, sodass kaum mehr ein größeres zusammenhängendes Stück der Wasseroberfläche für die Enten übrig bleiben wird.

Aber noch gehört ihnen der See, zusammen mit den dicht unter der Oberfläche schwimmenden Forellen und Karpfen. Wieso aber schnattern sie so und streiten sich heute, da doch immer noch genügend Platz für alle vorhanden ist?

„Das ist doch die Höhe! Da ist sie doch glatt wieder, die Entenfrau! Sie kann es einfach nicht lassen! Dabei hat mein Mann sie schon wiederholt verwarnt!"

Die splitternackte Frau stakst nun ins Wasser und an ihrem schwerfällig schleppenden Schritt ist deutlich zu sehen, dass sie unter schweren Gelenksproblemen leidet. Ihr Körper ist schief und krumm verwachsen und wirkt wie ein einsam den Winden trotzender Baum an einem Berghang. Ein mächtiger Buckel nimmt wie ein Untier, das breit auf ihr hockt und sich dabei in ihren Rücken eingekrallt hat, die gesamte Gegend um das linke Schulterblatt ein. Ihre schweren Brüste scheinen sie zusätzlich, da sie vornüber gebeugt steht, in die Tiefe ziehen zu wollen. Vielleicht sind sie auch als Gegengewicht zum Buckel ausgebildet worden, um den Körper halbwegs im Lot zu halten. Auf dem Kopf trägt sie einen hohen Dutt. Im Schutz des Gebüschs watet sie jetzt bis zu den Knien ins Wasser und wirft den aufgeregt durcheinander flatternden Enten Brotbrocken aus einer Plastiktüte zu. Erst, als sie die Tüte geleert und wieder am Ufer deponiert hat, steigt sie gänzlich ins Wasser und schwimmt, umringt von dem ganzen Entenschwarm, in den See hinaus. Dieses idyllische Bild gefällt indes nicht allen.

Gerda winkt mit vor Aufregung roten Flecken im Gesicht ihrem Mann zu, der noch immer über die angezeigte Wassertemperatur auf dem Thermometer meditiert, und ruft:

„Hubert! Da ist sie wieder! Jetzt sagst du es ihr endlich! Schließlich bist du der Fischereivereinsvorsitzende!""

Beide schwimmen hektisch auf die Entenfrau zu. Kaum hat Hubert den Mund zaghaft aufgetan, lässt Gerda ihrem Unmut auch schon freien Lauf:

„Wie dreckig das Wasser ist! Eine einzige Schweinerei! Überall nur Entenkacke und Federn! Das muss endlich aufhören!"

Und Hubert fügt an:

„Jawohl! Verboten gehört das! Ich als Vorsitzender….."

Doch seine Frau fällt ihm sogleich wieder ins Wort:

„Man ekelt sich direkt, hier noch länger ins Wasser zu gehen! Eine Zumutung! Erst Recht für die Kinder! In dieser Drecksbrühe kann doch niemand mehr schwimmen!"

Eine zweite Frau, die vom Ufer aus die Szene beobachtet, fällt sogleich mit ein:

„Der schöne See! Alles total verdreckt und verkommen!"

Tatsächlich schwimmen auf dem See ein paar vereinzelte Federn herum. Der angebliche Entenkot hingegen besteht aus Algenklumpen, die sich bei der jetzigen Algenblüte gebildet haben und an der Oberfläche treiben.

Die Entenfrau reagiert nicht, aber sie nimmt, da das Geschrei nicht aufhören will, einen anderen Kurs hinaus zur Seemitte. Dabei spricht sie zu den Enten:

„Elfriede! Schwimm schneller, sonst verpasst du noch den Anschluss! Heribert, streite nicht wieder! Ambra, zicke nicht herum! Du weißt, ich mag das nicht."

Doch dazwischen flötet sie immer wieder:

„Wie schön ihr seid, meine Kinderchen! Ach, ich liebe euch so sehr."

Das Paar nickt sich kampfentschlossen zu und schwimmt der Frau hinterher. Hubert macht ein Zeichen an die Stirn, was er vom Geisteszustand der Entenfrau hält und will nach einer Weile wieder abdrehen. Doch Gerda zischt ihm zu:

„Du bleibst an meiner Seite! Jetzt muss endlich ein Exempel statuiert werden!"

So folgt er ihr weiter in Richtung des Entenschwarms. Vom Ufer her erschallen lauthals weitere Kommentare:

„Unglaublich!"

„Einfach nur widerlich und ekelhaft!"

Gerda versucht mit kräftigen Schwimmbewegungen die Entenfrau einzuholen und stichelt dabei weiter:

„Was für eine Schweinerei! Wir lassen uns das nicht mehr länger bieten! Oder, Hubert? Sag doch was!"

Hubert schwimmt prustend hinter ihr und fügt mit wichtiger Miene an:

„Der Geschmack unserer Saiblinge und Forellen geht uns über alles! Gewisse Beeinträchtigungen in der Fischqualität….."

Doch die Rufe eines weiteren Paares, das nun unterstützend auf sie zu schwimmt, übertönen ihn:

„Verboten gehört das!"

„Alles total versaut hier!"

So fliegen über die Köpfe der Enten und der Entenfrau die Schimpftiraden wie ein Kreuzfeuer hin und her. Die Enten ziehen ihre Köpfe ein und ducken sich. Die beiden Paare steigern sich weiter in ihren Unwillen hinein, bis dieser schließlich in offen und unverhohlen ausgedrückten Hass umschlägt:

„Total verrückt!"

„Einsperren sollte man diese total verrückte Schlampe!"

„Ersaufen soll sie!"

Vergeblich versucht jetzt die Entenfrau, den beiden Paaren auszukommen, aber sie wird von ihnen links und rechts in die Zange genommen und es entsteht eine regelrechte Hetzjagd. Das Gesicht der Entenfrau ist ebenso puterrot angelaufen, wie das von Gerda. Alle prusten und schnaufen heftig. Ein drittes Paar, zwei Frauen, die mit ihren Schwimmreifen ans Ufer getreten sind, beobachten von dort aus gespannt die Verfolgungsjagd. Schließlich paddeln sie ihnen in den offenen See hinaus nach:

„Was ist denn hier nur los?"

Gerda sieht zufrieden, dass mit den beiden Frauen weitere Verstärkung angerückt ist und winkt ihnen zu:

„Rita! Bella! Wir brauchen eure Hilfe! Es ist wieder diese Verrückte, die den ganzen See verseucht! Total durchgeknallt!"

Huberts Bass grummelte dazu:

„Die Fischqualität leidet und ….."

Rita schwingt wütend ihre Faust.

„Unerhört ist das!"

Und Bella stimmt mit ein:

„Einfach nur bodenlos unverschämt!"

Der Entenfrau bleibt nun nur noch der Weg zur anderen Seeseite hin offen. Der Korridor zwischen den von verschiedenen Seiten auf sie zu schwimmenden Pärchen wird schnell enger, aber sie erreicht noch rechtzeitig das rettende Ufer. Dort verkriecht sie sich erst einmal mit ihrer Entenschar, die hinter ihr her gewackelt kommen, im dichten Gebüsch.

Unschlüssig darüber, woran sie nun ihre aufgestaute Wut weiter entladen könnten, schwimmen die aufgebrachten Paare eine Weile hin und her und schimpfen dabei über den See hinweg zum Ufer, hinter dessen Gebüsch sie die Entenfrau vermuten. Ihre heiser gewordenen und bereits krächzenden Stimmen schallen gut vernehmlich bis in die letzten Winkel des Bewuchses hinein, das den See in einem dichten Gürtel umrandet:

„Die Polizei verständigen!"

„Ein Fisch muss in sauberem Wasser aufgezogen sein, sonst ist er ….."

„Eingesperrt gehört so was wie diese alte verrückte Schachtel!"

Die Entenfrau schlängelt sich, geschützt durch das Gebüsch, langsam am Seeufer entlang zu der Stelle zurück, an der ihre Kleider liegen. Sie kennt jeden einzelnen Winkel des Seeufers. Immerhin hat sie noch mehrere Tüten mit Brot deponiert, die sie jetzt, zufrieden darüber, dass sie ungeschoren zurückgekommen ist und nichts fehlt, hervor holt. Ungerührt trotz des weiteren Rufens ihrer Verfolger, füttert sie nun im knietiefen Wasser die Fische. Karpfen schlängeln sich trotz der geringen Wassertiefe bis zu ihren Füßen vor und schnappen nach dem Brot, sodass ihre Rückenflossen dabei aus dem

Wasser ragen und die obere Hälfte ihrer weit geöffneten Mäuler über der Wasseroberfläche sichtbar wird.

„Passt nur auf, meine Schätzchen, dass ihr nicht eure Schuppen am Bauch verletzt! Nicht so gierig, Henriette!"

Mit diesem weiteren Füttern erreicht die Entenfrau nur, dass sich die Lautstärke der Paare nochmals steigert. Gerdas Gesicht ist jetzt geradezu lebensbedrohlich puterrot verfärbt. Sie scheint es selbst zu merken, dass sie droht, unter ihrem anhaltenden Rufen und Zetern demnächst zu kollabieren. Sie muss sich schließlich an ihrem Hubert festhalten, da sie keine Kraft mehr hat, weiter zu schwimmen. Die Entenfrau indes lässt sich nicht beirren und ruft den Fischen zu:

„Putt! Putt! Kommt nur her, meine kleinen Lieblinge!"

Doch dabei kullern ihr Tränen die Wangen herunter, die sie verstohlen mit dem Unterarm wegwischt. Die allgemeine Empörung über ihr Verhalten, weiterhin splitternackt zu füttern, schlägt nun in offene Verhöhnung um:

„Völlig verwachsen und degeneriert! Und das auch noch nackt!"

„Die armen Viecher, die sich das mit ansehen müssen! Hat man schon einmal Fische kotzen gesehen?"

„Ich finde, es reicht! Es muss etwas geschehen! Hubert!"

„Ich, als Vorsitzender ……"

„Früher hat man da nicht lange gefackelt. Abgeholt und auf nimmer Wiedersehen eingesperrt – so gehört sich das!"

„Eklig!"

„Der ganze Tag ist mir versaut!"

Die Entenfrau füttert, scheinbar unbeirrt ihre Brotreste bis zum letzten Krümel, der noch in den Tüten verblieben ist, weiter. Selbst, als die Sonne höher steigt, das Gebüsch mit ihren Strahlen durchdringt und den vom Alter missgebildeten Körper in ein goldenes Licht taucht, gibt sie sich noch immer ungeniert den Blicken der nun schnell hintereinander neu eintreffenden Badegästen preis. Das Zittern, das ihren Körper erfasst hatte, bemerkte jedoch niemand.

Hier ist doch ihr Zuhause! Niemand darf ihr das nehmen! Was würde dann auch aus den Enten und Fischen werden, wenn sie nicht mehr käme? Das hier ist doch das Entenreich und sie ist die Königin!

Am nächsten Tag sind die Enten fort. Die Entenfrau fasst es nicht. Sie stakst durch das Unterholz, schwimmt hin und her über den See und ruft und flötet dabei unentwegt nach ihren kleinen Lieblingen. Bis zur nahe angrenzenden Autobahn durchstreicht sie das Gebüsch, ohne daran zu denken, dass sie nackt ist und die Autofahrer sie aus den dahin brausenden Wägen sehen können. Selbst über die Zäune der angrenzenden Grundstücke steigt sie und sucht dort in Schuppen und Verschlägen, kämmt den nahe liegenden Wald durch, macht auch vor Schildern wie: „Betreten verboten!" oder „Bissiger Hund!" nicht Halt und bricht in ihrer Verzweiflung die Tür zum Bootshaus der Wasserwacht auf. Nichts! Keine einzige Feder ist mehr von ihren Lieblingen zurückgeblieben. Nur das Gebäude des Fischereivereins ragt wie eine uneinnehmbare Trutzburg über dem Wasser und es gelingt ihr nicht, in den gut abgeschotteten Gartenteil hineinzukommen.

Traurig verfüttert sie alles Brot an die bereits auf sie wartenden Fische und flüstert ihnen besorgt zu:

„Passt gut auf euch auf! Wer weiß, was hier noch alles passiert! Könnt ihr mir denn nicht sagen, was passiert ist?"

Doch die Fische bleiben stumm und glotzen sie nur fragend aus dem Wasser an. Sie ist jetzt ohnehin viel zu unkonzentriert, um sich jetzt eingehender mit ihren Lieblingen zu unterhalten. Immer wieder starrt sie in den Himmel, ob sie nicht wenigstens dort ein einziges Paar ihrer Enten fliegen sieht. Doch nur ein paar Raben flattern über ihren Kopf. Geradezu unheimlich still ist es an diesem Tag am See.

Da erst fällt ihr auf, dass sie die ganze Zeit über von den Pärchen, die sie am Tag zuvor auf dem See verfolgt hatten, beobachtet wird. Sie scheinen sich an ihrem Elend zu ergötzen. Gerda schreit ihr hämisch, mit schrill sich überschlagener Stimme, zu, wobei die Schadenfreude darin nicht zu überhören ist:

„Vermisst du wohl etwas, du alte verrückte Vettel?"

Und der hagere, bohnenstangenlange, skelettartige Körper ihres Mannes windet sich ebenfalls vor Vergnügen:

„Das wird ein Fest, meine Liebe!"

Händeringend wendet sich die Entenfrau ihnen zu und ruft in ihrer Verzweiflung:

„Wo sind sie denn nur alle hin, meine kleinen Lieblinge?"

Gerda ruft ihr höhnisch zu:

„Ich weiß nicht, ob du es wirklich wissen willst! Aber wir freuen uns alle schon auf unser morgiges Grillfest. Ich würde dich ja einladen, aber so wie du aussiehst, würdest du uns nur den Appetit verderben!"

Ein anderes Paar ruft über den See:

„Danke, Herr Vorsitzender! Endlich ist der See wieder sauber."

Hubert grinst selbstgefällig und breitet wie segnend dazu die Arme aus:

„Und das, meine Freunde, sichere ich euch zu, dass ich als erster Vor......"

Gerda unterbricht ihn unwirsch.

„Sag der alten Hexe schon, dass sie hier in Zukunft nichts mehr verloren hat."

Doch diese Mühe nehmen ihm schon die anderen Paare am See ab:

„Hau endlich ab, alte Vettel, sonst lassen wir dich von der Polizei abholen!"

„Voll eklig, in aller Hässlichkeit hier auch noch nackt herumzustehen!"

„Ein echter Kinderschreck! Die voll die Alpträume kriegen, wenn sie dich nur sehen!"

Da erst fällt der Entenfrau auf, dass sie noch immer trotz der weit fortgeschrittenen Tageszeit nackt dasteht. Verschämt wickelt sie sich ein Handtuch um ihren Leib und wendet sich ein letztes Mal an die hämischen Zuschauer:

„Wo aber sind sie denn nur alle hin? Das gibt es doch nicht, dass sie auf einmal alle weg sind!"

„Hast du es noch immer nicht kapiert, alte Hexe? Morgen ist Grillfest vom Fischereiverein! Da gibt es zur Feier des Tages etwas ganz Besonderes! Da wird groß gegrillt und dann mit Genuss verzehrt."

Gerda grienst und ruft zur Entenfrau hinüber, die nicht begreifen will, was geschehen ist und weiterhin fassungslos auf die Wasseroberfläche starrt:

„Aber jetzt genug geredet! Die Enten und damit das Grundübel sind schließlich weg. Rauchen wir also so etwas wie eine Friedenspfeife. Morgen um fünf am Grill. Wenn du uns versprichst, dich zu waschen und dich anständig aufzuführen, meine ich es ernst mit meiner Einladung. Wir sind ja schließlich keine Unmenschen, oder Hubert? Statt Steckerlfisch gibt es eben für dich eine Überraschung dort. Was meinst du wohl, was das ist? Dreimal darfst du raten. Ach, und zieh dir was Anständiges an, bevor du kommst."

Störrisch wie ein Kind beharrt die Entenfrau:

„Ich will keine Überraschung und ich will auch nicht raten. Ich will nur meine lieben Enten wieder haben."

„Gut, dann sollst du es eben jetzt gleich schon wissen, auch wenn damit die große Überraschung Morgen leider wegfällt. Deine Enten sind längst im Himmel, wo sie auch hingehören. Denn Morgen gibt es Steckerlenten. Für jeden haben wir eine ganze Ente vorgesehen! Die schönste Ente ist natürlich für meinen Hubert, der ganz gewaltig schuften musste, sie alle einzufangen und für den Grill vorzubereiten. Mir läuft jetzt schon das Wasser im Munde zusammen! Das wird eine tolle Gaudi!"

Die anderen Paare lachen mit:

„Tolle Idee! Die alte Hexe als Ehrengast!"

„Endlich mal Abwechslung im lahmen Vereinsleben!"

„Und alle Einnahmen werden von unserem Verein gestiftet für ….."

„Hubert, sei still!"

Schallendes Gelächter umflutet die Entenfrau. Sie hat jetzt verstanden, was geschehen ist. Ein langer Ton, der wie ein Tuten einer Sirene klingt, bringt sie noch zu Stande. Dann fällt sie in sich wie ein nasser Sack zusammen und bleibt lang ausgestreckt am Seeufer liegen.

Am nächsten Tag sitzen die Mitglieder des Fischereivereins schon vollzählig am Biertisch zusammen, als die Entenfrau kommt. Säuberlich aufgereiht schmoren jeweils 7 Enten an 5 langsam sich drehenden Spießen einer von der Hühnerbraterei aufgestelltem Grill. Die Stimmung ist ausgelassen. Nur Hubert ist darüber verstimmt, weil Gerda zuvor wieder einmal seine Rede unterbrochen und mit eigenen Worten die Schilderung, wie es zu diesem Entenessen gekommen war, fortgeführt hat.

Die Entenfrau hat sich für dieses Ereignis regelrecht herausgeputzt. Ein Hut mit Entenfedern prangt auf ihrem Kopf und sie trägt ein langes lilafarbenes Kleid. Doch sie ist nicht allein gekommen. Umringt von Tierschützern, die Plakate in den Händen halten, rückt sie, begleitet von den Kameras und Mikrofonen der Presse, des Funks und des Fernsehens, auf die erstaunt starrende Gesellschaft zu. Jede Unterhaltung an den Biertischen versiegt.

Auf den Plakaten und Spruchbändern steht unmissverständlich zu lesen:

„Erst Fischmörder, jetzt auch Entenmörder! Was kommt als Nächstes?"

„Schluss mit dem Abschlachten unschuldiger Tiere!"

„Freiheit für die letzten Sklaven dieser Erde!"

„Tierrecht ist Menschenrecht"!

Die Medien stürzen sich begierig auf das gefundene Fressen. Weitere Kamerateams treffen ein. Alles wird gefilmt, abgelichtet und dokumentiert. Tagesnachrichten und Zeitungen bringen noch am selben Abend die Meldung vom widerrechtlichen Entenessen des Fischereivereins groß heraus. In einer der Mülltonnen hinter dem Haus werden die abgeschnittenen Entenköpfe, Flügel und Füße gefunden und auch der Berg Federn neben dem Vereinshaus führt zu weiteren gelungenen Schnappschüssen, die kurz darauf schon den Zuschauern vor den Fernsehern in die Häuser getragen werden und bei facebook tausende Klicks innerhalb einer Stunde bekommen.

Trotz strahlenden Sonnenscheins fällt das restliche Vereinsfest ins Wasser. Hubert muss nicht nur als Vorsitzender abdanken, sondern sich auch für sein widerrechtliches Vergehen vor Gericht verantworten und der Fischereiverein verliert das Anrecht, den See zum Fischen zu nutzen.

Bald schon finden sich von selbst die ersten Enten ein. Zudem werden von den Tierschützern umgehend etliche Entenpärchen auf dem See ausgesetzt. Die Entenfrau strahlt wieder. Jeden Morgen steht sie schon in aller Frühe wie gewohnt am Seeufer und füttert ihre Lieblinge. Niemand stört sie mehr dabei.

Und wenn sie nicht gestorben ist ……….

Wie es wirklich war

Nachdem die Entenfrau nach ihrem Zusammenbruch am See wieder zu sich kam, stand sie mühsam auf und fuhr mit ihrem kleinen roten Auto, das sie stets auf dem Parkplatz vor dem See abgestellt hatte, nach Hause. Tagelang lag sie in ihrem kleinen Appartement auf dem Bett und starrte an die Decke. Das Zimmer war dunkel, die Vorhänge zugezogen. Sie aß und trank nichts und bewegte sich nur, wenn sie auf die Toilette musste. Niemand vermisste sie. Außer den Enten hatte sie auch niemanden, der auf sie wartete.

Eine Woche nach dem Vorfall am See fand man die Leiche der Entenfrau nackt im Wasser treiben. Die Polizei konnte ihre Identität erst durch einen Hinweis auf ein seit längerer Zeit auf dem Parkplatz parkendes kleines rotes Auto ermitteln.

****

Es ist nichts geschehen

Die Sonne scheint auf die in der trägen Hitze dösende Stadt. Aus der Ferne schwappt der Verkehrslärm der großen Ausfallstraße nur gedämpft herüber. Sonst ist es still um ihn. Selbst die Vögel zwitschern so leise, als ermahnten sie sich gegenseitig, ihn ja nicht zu stören.

Der einzige Kontakt seit Wochen war ein Anruf seines Sohnes gewesen, der ungeduldig nach dem Termin seines Auszuges aus der Wohnung gefragt hatte. Die Wohnung wird gebraucht – er nicht. Er ist überflüssig, lästig und längst überfällig.

Von außen gesehen ist alles wie immer. Oder doch nicht? Ein guter Beobachter würde es erkennen: Etwas ist anders. Etwas stört im trügerisch harmonischen Bild. Es tut ihm leid, dass er Unannehmlichkeiten macht.

Er steht schwankend auf der Dachterrasse. Die Beine zittern. Alles zittert an ihm: der Kopf und vor allem die Hände, mit denen er das Geländer ergreift und sich mühsam aus seinem Rollstuhl hochstemmt Eigentlich ist es nur die rechte Hand, denn die linke ist seit seinem Schlaganfall nicht mehr zu gebrauchen.

Haut und Knochen ist er nur noch. Er hat auch seit Tagen nichts mehr gegessen. Sein Gesicht ist bleich und fahl, die Augen tief eingesunken. Der Schweiß tritt ihm vor Anstrengung in dicken Tropfen auf die Stirn. Ein Tropfen rinnt seinen schmalen Nasenrücken entlang und fällt über den Rand des Geländers in die Tiefe. Er schaut ihm nach, als wolle er sich von ihm verabschieden. Sein Atem pfeift und rasselt asthmatisch.

Es kostet ihn alle Kraft, sein nach dem Schlaganfall noch immer lahmes Bein über das Geländer zu hieven. Beinahe hätte er das

Gleichgewicht verloren und wäre in die Tiefe gestürzt. Aber das wollte er ja. Instinktiv hat er sich mit der gesunden Hand festgehalten. Wieso lässt er sich nicht einfach fallen? Dann wäre alles vorbei? Ja, genauso soll es sein! Jetzt!

Seine Finger lösen sich. Niemand ist auf den umliegenden Balkonen zu sehen; kein Mensch auf der Straße. Drei Stockwerke unter ihm breiten sich die Waschbetonplatten der Feuerwehrzufahrt aus. Obwohl seine Augen schlecht sind, kann er das Gras in den Fugen erkennen. Oder bildet er es sich nur ein? Mit dem Kopf voran, das wäre am besten. Das wird er doch wohl noch fertig bringen, wenn schon sonst nichts in seinem Leben geklappt hat. Nichts?

Bilder flimmern vor ihm in rascher Folge vorbei. Die Hochzeit, dann die Entbindungen und zuletzt der Tod der Frau. Die Kinder, wie sie wie Spargel in die Höhe schießen. Wie Spargel! Unwillkürlich muss er über dieses Bild lächeln. Alles dahin. Alles weg. Und jetzt noch der vom Sohn geforderte Auszug aus der Eigentumswohnung ins Seniorenheim. Mehr als ein Tropfen, der das Fass zum überlaufen gebracht hat. Das Fass seines Lebens, das den Kummer nicht mehr fassen kann.

Schluss jetzt! Finger weg und hinunter mit dir in die Tiefe! Waschbeton! Leicht zu reinigen. Kein Aufwand. Die Spuren sind bald beseitigt. So redet er sich selbst zu. Nüchtern. Klar die Sachlage beurteilend. Wie es sich für einen ehemaligen Regierungsrat gehört.

Das linke Bein, das kaputte Bein, wie er es immer genannt hat, baumelt schlaff schon halb über dem Abgrund. Die linke Hand, die er sowieso nicht gebrauchen kann, löst sich vom Geländer ab. Das Gewicht seines vorgebeugten Oberkörpers zieht ihn bereits von selbst nach unten.

Doch da! Eine Elster wischt frech direkt vor seiner Nase an ihm vorbei. Automatisch klammert er sich mit der gesunden Hand fester um den Metallholm, den er eigentlich jetzt im Sommer hatte neu streichen lassen wollen. Nicht mehr nötig! Endlich loslassen!

Was ist das? Verdammt! Ein Pärchen unten auf der Straße, mit einem Kind, das auf einem Tretroller kurvige Bahnen fährt. Er hat seine Brille nicht auf und sieht nur verschwommen. Er braucht sie auch nicht mehr! Sie liegt auf seinem Schreibtisch neben dem Brief.

Die Frau auf der Straße deutet auf ihn. Der Mann zückt sein Handy und telefoniert, während die Frau zu ihm hoch schreit:

„Papa, was soll das? Mach das nicht! Wir brauchen dich!"

Blödsinn! Sie war es doch, die darauf gedrängt hat, dass er so schnell wie möglich aus der Wohnung ausziehen sollte. Ja, er macht jetzt Platz.

Der Mann rennt ins Haus. Sie stellt sich nun direkt unterhalb der Terrasse auf die Waschbetonplatten. Hebt dazu die Arme, als wollte sie ihn auffangen.

„Weg da! Sonst falle ich noch auf dich drauf, oder auf mein einziges Enkelkind. Mach Platz da unten!" So will er ihr zurufen, aber seine Stimme versagt. Doch das sieht er, dass rechts von ihr noch genügend Platz auf dem Beton für seine paar Knochen ist. Hart genug für seinen harten Schädel! Wenn er da hinstürzt, neben das Mülltonnenhäuschen, reicht das genauso. Das Areal ist vom Weg her abgezäunt. Da kommt sie so schnell nicht hin.

Mühselig schiebt er sich auf der schmalen Brüstung zu der etwa zwei Meter entfernten Stelle hin, die er im Auge hat. Die Frau winkt und ruft. Er achtet nicht mehr auf ihre Worte. Warum lassen sie ihn nicht in Ruhe? Dass selbst das Sterben so mühselig sein muss!

Endlich hat er die richtige Position erreicht. Die Flugbahn ist frei, denkt er leicht amüsiert. Hier ist es gut. Er ist völlig verschwitzt. Das Hemd wird er nun nicht mehr wechseln müssen. Ob das nun sein letzter Gedanke sein wird?

Die rechte Hand löst sich vom Geländer ab. Noch kann er sich halten, indem er seinen Körper fest an das Geländer drückt. Lange wird es jedoch nicht mehr gehen. Keine Kraft, zu nichts mehr.

An der Wohnungstür hämmert es. Pech gehabt! Abgesperrt. Jetzt auch noch Sirenen! Laut und schon sehr nah! Jetzt, schnell! Schon genug Aufmerksamkeit erregt!

Ein Feuerwehrwagen nach dem anderen hält unten in der Straße. Feuerwehrleute springen heraus. Eine Leiter wird zu ihm in die Höhe ausgefahren. Stimmengewirr. Befehle hin und her. Wieso springt er nicht? Dieser Lärm der Sirenen! Es macht ihn verrückt! Das Hämmern an der Tür! Alles wird davon übertönt. Selbst das Vogelgezwitscher, das er im Fallen noch hatte hören wollen.

Die Feuerwehrleute rufen sich scharfe Kommandos zu. Polizeiwägen, ebenfalls mit Blaulicht, sperren die Straße ab. Erste Neugierige versammeln sich auf den Balkons und vor den Absperrungen.

So viele Menschen auf einmal! Selbst bei seiner Abschiedsfeier im Amt sind nicht so viele Menschen zusammen gekommen. Besser gesagt: Es waren die drei Personen aus seiner Abteilung, die eben gerade zufällig da waren. Sekt und Kuchen, ein Händeschütteln, das war es dann. Abschluss nach 38 Dienstjahren. Immerhin mit voller Pensionsberechtigung. Spring jetzt, spring endlich, du alter Depp!

Ein Mann redet mit einem Megaphon auf ihn ein. Er versteht kein Wort. Alles verzerrt. Sein Körper löst sich vom Geländer und kippt fast in die Tiefe. Da springt auf dem Handlauf ein haselnussbraunes

Eichhörnchen entlang und starrt ihn mit großen Knopfaugen fragend an. Plötzlich sitzt es auf seiner Schulter. Er verliert das Gleichgewicht. Das Tier kippt mit ihm nach unten. Vor Schreck krallt er sich mit der gelähmten linken Hand am Geländer fest, hält sich, zieht sich zurück und steht wieder stabil. Die linke Hand! Sie hält ihn!

Er schreit das Eichhörnchen an (oder denkt er es nur?):

„Nein, weg mit dir! Dich will ich nicht mit in den Tod reißen! Du sollst leben!"

Das Eichhörnchen setzt mit einem eleganten Sprung auf einen Ast der angrenzenden Eberesche über.

Er sieht den Helm des Feuerwehrmanns, der auf der obersten Sprosse der Leiter steht und zu ihm hochgefahren wird. Auch er redet auf ihn ein. Ein netter, freundlich und besorgt blickender junger Mann, der in seinem dicken grellgelben Schutzanzug genauso schwitzt wie er. Er versteht kein Wort. Will auch gar nichts hören. Es ist vorbei. Er weiß es. Er kennt die Gedanken seines Sohnes, der jetzt wieder unten steht und zu ihm hochblickt: „Elender Versager! Selbst zum Sterben bist du zu blöd! Nicht mal das kriegst du hin! Diese Schande! Vor all den Nachbarn! Was tust du uns an!"

Schon greift der Feuerwehrmann nach seinem Arm, hält ihn fest, steigt über die Brüstung, hebt ihn auf die Terrasse zurück und drückt ihn in seinen Rollstuhl. Er blickt auf seine linke Hand, bewegt die Finger. Es geht wieder! Er kann wieder greifen!

Die Wohnungstür wird aufgebrochen. So viele Menschen drängeln jetzt auf die Terrasse hinaus, dass sie sie gar nicht alle fassen kann. Zwei Sanitäter geleiten ihn ins Treppenhaus zum Lift. Als sie ihn an seinem Sohn vorbeischieben, blickt er ihn nicht an.

Der Sanitätswagen. Die Trage. Hinein geschoben. Verpackt. Ab geht die Post. Weg von zu Hause. Er weiß es. Endstation. Er ist aufgeräumt. Niemand will, dass irgendwo ein Kadaver herumliegt. All das hatte er nicht gewollt. Er war immer sauber, immer korrekt, immer anständig gewesen. Niemals ist er aufgefallen. Bis heute.

Der Krankenwagen bringt ihn zur Aufnahmestation. Er spürt die Erschütterungen des Wagens und hört das Lachen vorne im Fahrerabteil. Er schließt die Augen und sieht wieder das Straßenbild vor seiner Terrasse. Die Leute verlaufen sich, die umliegenden Balkone leeren sich. Zwei alte Männer, die er vom Sehen her kennt, reden noch ein paar Sätze miteinander. Dann trennen sie sich. Es ist wieder still und friedlich. Die Vögel zwitschern erst aufgeregt, dann legt sich auch das. Die Lücke, die er hinterließ, hat sich geschlossen. - Es ist nichts geschehen.

****

Der Diakon

Grob stupste ihm der dicke Mann neben ihm auf der Bierbank seinen Ellbogen in die Seite und grinste dabei siegessicher seine Frau an:

„Sie sind sicher Diakon!"

Das Pärchen war außer Atem und verschwitzt, denn es kam gerade vom Tanzen. Auf dem Tisch, versteht sich, wie alle hier im Bierzelt. Außer ihm. Er hatte sich vor einiger Zeit ganz heimlich und leise herein geschlichen und auf den scheinbar freien Platz gesetzt. Jetzt, nachdem das Pärchen vom Tisch herunter gestiegen war und sich neben ihn setzte, war es etwas eng, aber das störte niemanden.

Jetzt schnauften die Tänzer, er ziemlich dick, sie dagegen spindeldünn, schwer durch, kauten dazu ihre übergroßen Brezeln und prosteten sich mit den Maßkrügen zu. Gaudi wollten sie haben. Die stand ihnen zu, denn dafür hatten sie teures Geld hingelegt und am Tisch herrschte Verzehrzwang.

Und nun hockte da dieser schwarz gekleidete Mann neben ihnen, der sich in diesem Aufruhr der Sinne allein für die Maserung der Holzplatte zu interessieren schien. Nicht, dass es sie störte, an ihrem seit Monaten reservierten Tisch auf einmal einen Fremden hocken zu haben. Schließlich waren sie, wie nahezu alle in diesem Millionendorf, durchaus tolerant. Doch alles hatte auch seine Grenzen!

Die Musik schepperte aus Blasinstrumenten als Geräuschwalze über sie hinweg. Der Lärm war ohrenbetäubend. Der auffallend blasse Mann in Schwarz hob auf die Worte des Dicken hin seinen Kopf, schaute in dessen listig funkelnden, aber auch misstrauisch blickenden Schweinsäuglein und nickte ihm zur Antwort nur kurz zu. Was sollte er in dem Lärm auch erwidern? Der Dicke war sogleich begeistert. Sein feister Bauch schob sich noch ein Stück weiter über den eng geschnallten Bund der Trachtenlederhose. Alles Misstrauen war auf einmal aus seinem Gesicht verschwunden und mit plakativem, lautem Lachen schien er nun geradezu um den Mann neben ihm zu werben:

„Ha, bin ich nicht gut? Jetzt red doch auch mal was!"

Es war ihm ein Rätsel, wie sich der Dicke in dem Lärm überhaupt verständlich artikulieren konnte, aber seine Falsettstimme drang deutlich zu ihm hin, auch wenn sie dabei ein paarmal in ein heiseres Krächzen umschlug:

„Die Emma, meine Frau, und ich machen nämlich leidenschaftlich gerne Berufe raten. Unsere Trefferquote liegt bei über 90%, mein Freund! Da guckst du, was?"

Wieder nickte der Mann. Da war er also Diakon. Wieso eigentlich nicht? Da sich das ganze Universum in seinem Kopf spiegelte, war es nur selbstverständlich, genauso Diakon, wie eben auch Busfahrer, Juraprofessor, Krankenpfleger, Abteilungsleiter, Stricher, Gott oder Penner in den Augen der Menschen zu sein. Nichts war ihm fremd. Er war alles, weil alles schon immer in ihm abrufbereit vorlag.

Doch dem Dicken reichte das stumme Nicken nun nicht mehr aus. Irgendetwas an dem Schwarzgekleideten hatte seine Neugierde geweckt. War es der verlorene Blick, der sich wieder der Holzmaserung des Tischs zuwandte?

„Erzähl mal, was so ein Diakon den lieben langen Tag treibt. Und vor allem: Was treibt ihn ins Bierzelt? Noch dazu allein. Ohne Behinderte, Alte, Gebrechliche, Blinde oder sonstige Schäfchen zu hüten oder Seelen zu retten."

Der schwarz gekleidete Mann antwortete schleppend und strengte sich mächtig an, um sich mit seinem dünnen Stimmchen in dem Lärm verständlich zu machen. Dennoch musste der Dicke dicht mit dem Ohr an seinen Lippen kleben, damit er ihn verstand.

„Haben wir nicht alle unseren transzendentalen Touch, den wir von Zeit zu Zeit ausleben wollen? Auch in dir, mein Sohn, steckt ein bedürftiges Wesen, das verzweifelt seine Quelle sucht, um sich nach der langen währenden Dürre an ihr zu laben."

Der Dicke schlug sich begeistert mit der feisten Pranke auf den von feinstem Kalbsleder überspannten Oberschenkel und schrie seiner Frau ins Ohr:

„Genau so habe ich mir einen waschechten Diakon vorgestellt! Einfach nur super, sage ich dir! So einen Typen kann man sich wirklich nicht aus dem Bein schnitzen! Heut samma lustig! Gaudi, komm her!"

Zur Bekräftigung seiner Worte zog er seine Frau und den Mann zugleich zu sich heran und gab beiden einen bierfeuchten Kuss auf die Wangen. Wäre die Musik nicht so laut gewesen, hätte man es herzhaft schmatzen gehört.

„Eins, zwei gsuffa! Heute blau und Morgen blau! Oder nicht, mein allerliebstes Diakönchen? Prosit!"

Der Dicke hob seinen Maßkrug, doch sogleich ließ er ihn wieder sinken. Jetzt erst sah er, dass der Mann gar kein Glas vor sich stehen hatte. Da hockte also dieses Männchen seit über einer Stunde neben ihnen und trank nichts! Dazu aß er auch nichts, trotz des Schildes auf dem Tisch, das, unterlegt mit weißblauen Rauten, den hier herrschenden Verzehrzwang mit drei rot umrandeten Ausrufezeichen bekräftigte. Er kniff die Augen zusammen, sodass in seinem feisten Gesicht nur noch ein wulstiger Sehschlitz übrig blieb:

„Wie? Was? Kein Bier? Das darf doch nicht sein! Nicht an unserem Tisch, den wir seit sechs Monaten schon vorbestellt haben! Hier leidet niemand Durst! Her mit der Quelle zum Laben zum besseren Labern!"

Die Bedienung stemmte schwitzend ein halbes Dutzend Maßkrüge an ihnen vorbei, von denen der Schaum wie Fähnchen flatternd herunter tropfte. Schon stand ein Maßkrug vor dem Mann. Der Dicke erhob fordernd und fast drohend seinen Krug in die Höhe, bereit, ihn sogleich zum aufgespielten Tusch der Kapelle mit dem der Frau und dem des Schwarzgekleideten zusammen krachen zu lassen. Bier sollte spritzen und Gaudi sollte sein! Doch der Mann neben ihm schüttelt seltsam traurig den Kopf.

„Nein, vielen Dank. Ich trinke nicht. Aber das teure Bier wird wohl hier am Tisch nicht umkommen. Denke ich jedenfalls."

Dabei schaute er auf das beschlagene Glas, in dem der Schaum langsam in sich zusammen fiel.

Der Dicke hatte jetzt eine ganze Zeit nichts mehr gesagt. Trotz der beengten Platzverhältnisse war er unmerklich etwas von dem Mann abgerückt. Er schaute ihn nun von der Seite an. Nervös rutschte er dabei auf seinem ledernen Hosenboden auf der Holzbank hin und her. Schließlich hielt er das Schweigen, das sich wie eine lauernde Kröte zwischen ihnen breit machte und sich kalt wie ein feuchtes Tuch ums Herz legte, nicht mehr aus:

„Ja, da legst di nieder! Nichts trinken und dann im Bierzelt hocken! Das versteh doch, wer will!"

Schweißtropfen hatten sich auf seiner Stirn gebildet. Nach einer erwartungsvollen Pause, in der der Mann neben ihm nichts erwiderte, klebte er die mühsam in seinem alkoholbenebelten Hirn zurecht gelegte Frage an:

„Ja, wieso hockst du denn eigentlich hier?"

Trocken erwiderte der Schwarzgekleidete:

„Studienhalber. Sozusagen Ethnologie am lebenden Objekt."

Nach ein paar Sekunden, in denen der Dicke zu überlegen schien, polterte er los:

„Du bist mir vielleicht ein Sauberer! Emma, jetzt sag du doch auch mal was dazu!"

Der Dicke wirkte fassungslos. Es dämmerte ihm, dass vielleicht er und seine Emma es waren, die hier begutachtet und bewertet wurden. Langsam ließ er den schon halb zum Mund erhobenen Bierkrug wieder sinken. Seine trinkbereiten Lippen blieben dabei mit tütenförmig ausgestülpter Unterlippe offen stehen. Er stierte das dürre Männchen, das wie ein Häkchen gekrümmt neben ihm saß, an, als wäre es der Leibhaftige.

„Meinst du etwa mich und meine Emma? Das geht doch aber nicht! Kruzifix noch mal! Was gibt es denn da zu studieren?"

Der Dicke war auf einmal unsicher geworden. Da hatte er vor den Augen dieses Männchens getanzt und dazu gegrölt, was die Lunge eben hergab! Ohne es zu merken, stopfte er sich nun das Hemd wieder in die Hose. War es etwa sein Bauch gewesen, der über den eng geschnallten Gürtel wie die Brüste seiner Frau aus dem Dekolleté des Dirndls vorquoll, was diesen Mann an ihren Tisch gelockt hatte? Oder war es sein mit Senf verkleckertes Hemd, das gleich an diesem Abend noch in die Wäsche wandern würde? Oder etwa seine mit Schnupftabak sicherlich wieder verklebten Nasenlöcher? Wie rot mochte seine Nase jetzt sein? Waren jetzt wohl wieder die hässlichen geschlängelten Adern auf ihr zu sehen, die er jeden Morgen mit der getönten Creme seiner Frau übertünchte? Seltsam nackt und unwohl fühlte sich der Dicke und seine bis dahin so lustig blitzenden Augen waren stumpf geworden, als wäre ihr Glanz ins Bierglas gefallen. Fast unhörbar murmelte ihm der Schwarzgekleidete zu:

„Viel gibt es zu studieren. Immer und überall. Die ganze Welt ist bis zum Platzen voll davon."

Dem Dicken reichte es nun endgültig. Sein Gesicht lief puterrot an. Einen Moment lang zögerte er noch. Dann ballte er seine Hand zur Faust, die krachend auf dem Tisch landete, sodass die schweren Glaskrüge in die Höhe sprangen. Mit der anderen Hand packte er den Arm seiner Frau und zog sie in die Höhe.

„Emma, wir gehen! Da will man seine Gaudi haben und dann das! Unverschämt! Dem Kerl gehört aufs Maul geschlagen!"

Grußlos fädelte sich das Paar in die Menschenmassen ein, die sich am Tisch vorbeidrängelten und verschwand bald aus dem Blick des zurückgebliebenen Mannes. Er hingegen blieb sitzen und starrte weiter vor sich hin. Sein Universum war ein Stückchen reicher geworden. Dennoch fühlte er sich so verarmt, als hätte er die neugewonnene Erfahrung teuer bezahlen müssen. Seine Hand zitterte, als sie den Henkel des Maßkruges umschloss und er mit geschlossenen Augen einen tiefen Schluck nahm. Die Musik brauste unterdessen weiter wie ein donnernder Zug über ihn hinweg. Er fühlte sich geschwächt, als wäre eine Scheibe aus ihm herausgeschnitten worden und es unaufhörlich aus den Schnittflächen blutete. Es war kein Blut, es war Lebenskraft.

****

Lebenszeitfresser

Ich hasse nichts so sehr wie sinnlose Telefonanrufe.

„Hallooo! Herzlichen Glückwunsch! Sie haben gewonnen!"

Wenn ich diese Stimme schon höre (irgendwie sind die bei diesen Callcentern alle gleich; vielleicht ist es ja auch immer derselbe, der anruft), bekomme ich sooo einen Hals! Und wie hartnäckig diese Burschen sind! Wenn sie meinen, einen Fuß in die Tür bekommen zu haben, gibt es kein Erbarmen mehr:

„ Sie müssen jetzt nur …."

Weiter kommen sie bei mir jedoch nicht. Ich lege einfach auf. Manchmal lasse ich sie jedoch in die Falle hineinlaufen. Vor allem, wenn auf dem Display meines Telefons *„Unterdrückte Nummer"* steht, was ja von Haus aus illegal ist. Zunächst lasse ich sie einfach mal einige Zeit reden. Doch dann lege ich los:

„Was fällt Ihnen eigentlich ein?"

Und dann schreie ich mich in Fahrt. Ich mache mein Gegenüber fertig. Zu Kleinholz verarbeite ich ihn – in Streichholzlänge. Nach Strich und Faden! Zuletzt fällt dann noch der Satz von mir: falls jemals wieder und so weiter und so fort … Bräuchte ich eigentlich gar nicht mehr zu sagen, da schon längst aufgelegt wurde, ehe ich selbst den Hörer auf die Gabel werfe.

Endlich Ruhe! Diese göttliche Stille, die in meiner Wohnung herrscht! Bis auf das Pochen meines aufgeregten Herzens. Aufregung, Stress – und das bei meinem Übergewicht und hohen Blutdruck! Ich müsste eigentlich Schadensersatz und Schmerzensgeld bei diesen Idioten einklagen.

Jeden Tag tauchen weitere Lebenszeitfresser auf. Überall lauern sie mir auf. Aber ich merze sie alle aus. Seit ich mich hier in der Wohnung eingerichtet habe, versuche ich in Ruhe zu leben. Keine Besuche dämlicher Nachbarn, kein Gewäsch über Wetter oder Kinder! Meine wenigen Freunde sind handverlesen und nur nach ihrer Funktionalität ausgesucht.

Kaum habe ich mich von dem Telefonanruf erholt, klingelt es an der Tür. Mein Blutdruck schießt wieder in die Höhe und ich spucke Gift und Galle. Dabei habe ich mir ausbedungen: Keine Besuche ohne vorherige Ankündigung und zwar mindestens 48 Stunden vorher! Erneutes Klingeln! Schluss, aus! Ich stelle die Klingel ab. Ein Lebenszeitfresser pro Tag ist mehr als genug! Lebenszeit und Gesundheit, das sind die kostbarsten Güter, über die wir verfügen. Und genau die werden mir Tag für Tag geraubt! Dem setze ich einen Riegel vor!

Nur einmal die Woche mache ich eine Ausnahme. Mein Highlight! Der Schwimmverein, der in einem Nebenzimmer im *„Goldenen Posthorn"* tagt. Keiner schwimmt mehr. Gicht, Arthrose, Bandscheiben: Wir sind zum Verein der „Ich habe Rücken" geworden. Das ganze große 1x1 der orthopädischen Praxis, das sich allwöchentlich versammelt. Eine gemütliche Runde. Currywurst mit Pommes. Und das Beste: Keiner will etwas von mir. Man lässt sich in Ruhe. Und ich kann einfach gehen, wenn es mir reicht. Was wir reden? Dies und das. Nichts jedenfalls, was weh tut. Krankheiten, Übergewicht, Hoffnung auf den großen Lottogewinn. Hauptsache harmlos und zu nichts verpflichtend.

Klingel, klingel! Es ist zum wahnsinnig werden! Ich reiße den Hörer ans Ohr, höre die hell gellende Stimme, die gar nicht darauf wartet, dass ich mich mit Namen melde (das tue ich ohnehin nicht, wenn ich nicht weiß, wer am anderen Ende der Leitung ist):

„Glückwunsch! Der absolute Haupttreffer! Ihr Gewinn! Schon in den nächsten Tagen…..“

Krach, bums, Hörer auf die Gabel! Erstaunlich, was das Material aushält. Zweimal an einem Tag. Es reicht! Zweimal zuviel!

Jetzt klopft es an die Wohnungstür! Wollen sie mir jetzt etwa auch noch die Tür einschlagen? Nein, ich werde nicht aufmachen! Besuch nur nach Vorankündigung, wie schon gesagt.

Zwei Tage später steht die zweimalige Einkaufstour pro Woche mit gleichzeitiger Briefkastenentleerung an. Alles gleich ab in den Papiermüll. Ja, ich trenne! Säuberlich! Plastik, Biomüll, Papier, Restmüll, Batterien. Für eine bessere Welt – schlechter als jetzt kann sie schließlich nicht mehr werden. Ein Zettel im Briefkasten: Einschreibesendung verpasst, Abholung unter Vorlage des Passes. Und wo wohl abholen? Genau: Am Arsch der Welt! Nicht mit mir! Ab mit dem Zettel dorthin, wohin er gehört: In den Papiercontainer mit dem übrigen Mist. Die können mich alle mal kreuzweise!

Am nächsten Tag geht alles im selben Stil weiter. Zuerst klingelt das Telefon penetrant. Ich hatte vergessen, es auszustöpseln.

„Wahnsinnsgewinn!“

Peng, den Hörer auf die Gabel! Erneutes Klingeln.

„Unglaublich, sie haben….“

Weg damit, das Telefon ausgestöpselt. Wollen die denn nicht begreifen, dass sie eine Frau mit angegriffenem Gesundheitszustand terrorisieren. Vielleicht sollte ich die Polizei einschalten?

Gewinn! So ein Blödsinn! Mir hat noch nie jemand irgendetwas geschenkt! Selbst beim Antritt der Rente nicht. Goldene Uhr? Dass ich nicht lache! Nichts! Feuchter Händedruck, tschüss und vorbei nach 40 Berufsjahren im gleichen Betrieb. So sah das aus! Aber ich schenke auch niemandem etwas. Außer bei einem Lottogewinn. Die Hälfte geht an den Tierschutz. Vor zwei Jahren waren es 10,24 Euro. Vor einem halben Jahr 8,17 Euro. Der einzige Grund, weshalb ich weiterspiele. Immer dieselben Zahlen. Mein dreistelliges Gewicht, meine Schuhgröße, die letzten zwei Ziffern meines Geburtsjahres.

Verdammt noch mal! Jetzt reicht es wirklich! Das Pochen und Hämmern vor der Tür hört nicht auf. Inzwischen kann ich noch nicht einmal mehr vor die Tür, ohne Gefahr zu laufen, belästigt zu werden. Noch habe ich Vorräte, doch sie schwinden dahin. Kartoffeln sind schon aus, Salami und Eier ebenfalls. Selbst auf der Terrasse, auf der ich so gerne liege, höre ich es: „Gewinn! So machen sie doch auf!"

Ich sehe hoch zu den Wolken, den Kopfhörer aufgesetzt, meine Lieblingsmusik. Wiener Walzer, richtig laut. Wolken ziehen dahin. Ich versuche, in ihnen Gesichter oder Tiere zu erkennen. Selbst im einsetzenden Nieselregen bleibe ich noch weiter liegen, geschützt durch den Dachvorbau.

Da! Vor dem Haus Autos, Hupen, Krach, Lärm, Geschrei. Und dann ein Kran. Ein Mann, der auf einer Plattform steht und sich auf die Höhe meiner Terrasse hinauf hieven lässt. Erst erscheint sein Kopf, dann der Oberkörper. Er trägt einen Anzug. In seinen Händen hält er ein selbst gemaltes Schild: *Sie haben gewonnen!"* Neben ihm ein Kameramann, der mich filmt. Das ist Hausfriedensbruch! Trotz meiner Arthrose springe ich auf und renne zur Brüstung der Terrasse. Dabei schreie ich allen, dem Mann, dem Kamerateam und allen versammelten Nachbarn, die Beifall klatschen, als sie mich sehen, zu:

„LEBENSZEITFRESSER! Alle miteinander!"

Mit einem Satz bin ich wieder in der Wohnung, sperre die Terrassentür von innen zu und plumpse auf das Sofa. Mein Atem geht hektisch, mein Gesicht glüht, alles zittert an mir. Sie haben es auf mich abgesehen! Eindeutig! Aber sie kriegen mich nicht! Niemals!

Plötzlich ist es still. Ich lausche in die herrliche Stille hinein. Wie kann das sein? Wo sind sie hin? Bin ich etwa nur auf dem Sofa eingeschlafen und alles war nur ein Alptraum?

Vorsichtig öffne ich die Wohnungstür. Das hätte ich nicht tun sollen! Alle sind sie da. Reporter, Mikrofone, Kameras, Schreien, Tumult. Ich schreie dagegen an:

„Kein Staubsauger! Keine Lebensversicherung! Kein gar nichts! Ich will nur in Ruhe gelassen werden!"

Und was machen diese Leute? Sie lachen, herzhaft, laut, unaufhörlich, prustend, während die Kameras weiter auf mich gerichtet sind. Ich will die Tür zuschlagen, aber es geht nicht. Ein Fuß in der Tür, durchlöchertes Sportschuhluxusmodell, teuer, blockiert sie. Die Marke erkenne ich sofort. Kein Wunder nach 40 Jahren als Schuhverkäuferin, wo ich vor solchen Schnöseln knien musste, um die Schuhbänder zu binden. Meine Bandscheiben erinnern mich täglich daran.

Jetzt schreie ich so laut, wie ich irgend kann. Und ich kann schreien, das können Sie mir glauben Jeder hat mich gehört, wenn ich im Treppenhaus des Schuhgeschäftes aus dem dritten Stock zur Kasse herunter gebrüllt habe, um der Kassiererin einen Preis verkaufter Schuhe mitteilen wollte.

„Verschwinden Sie! Oder ich hole die Polizei!"

Zwei Männer in Uniform treten auf mich zu. Sie lachen genauso, wie jetzt wieder alle, die sich hinter ihnen drängeln. Richtig vergnügt sind sie und grinsen mich dabei geradezu unverschämt fröhlich an:

„Nicht nötig! Wir sind schon da! Sind Sie Frau Erna Meier?"

Ich zucke zusammen. Ein neuer Trick? Betrüger? Was wollen sie nur? Was wissen sie von meinem Geld in der Kaffeekanne, an die sie heran wollen? 1789,--Euro! Aber Uniform ist Uniform. Ich will mir nichts zuschulden kommen lassen. Wenn ich mir die beiden Männer genau anschaue, wirken sie irgendwie vertrauenswürdig. Dick und Doof. Pat und Patachon. Schießbudenfiguren. Aber vielleicht gerade deshalb nur ein Trick. Gut eingeübt. Ich stammele:

„Ja, die bin ich. Was soll denn dieses Kasperletheater?"

„Herzlichen Glückwunsch!"

Jetzt fangen die beiden Komiker auch noch damit an. Und der geschniegelte Anzugstyp mit den Luxussportschuhen, der vorhin auf der Kranplattform stand, drängt sich vor:

„Der Jackpot, liebe Frau Meier! Sie haben den Jackpot geknackt! 24 Millionen Euro! Wir bringen Ihnen die Nachricht jetzt persönlich, da Sie auf keinem anderen Weg zu erreichen waren. Sie wollen die Annahme doch nicht etwa verweigern?"

Alle lachen. Und wie sie lachen. Ich stammele, bin völlig durcheinander, begreife nicht, begreife dann doch:

„Verweigern? Nein, das auch wieder nicht."

Ein Reporter drückt mir ein Mikrofon fast in den Mund, der – zugegeben – vor Erstaunen weit offen steht:

„Was werden Sie mit dem ganzen Geld tun?"

Ich stottere etwas und meine Knie werden weich. Zwei Männer – sind es die Polizisten? – halten mich aufrecht.

„Ich werde mir Ruhe kaufen. Viel Ruhe! Und ich werde jeden Tag Pommes mit Ketchup essen. Die Hälfte des Geldes geht an den Tierschutz."

Genau diese Sätze stehen am nächsten Tag als Schlagzeile auf der ersten Seite der örtlichen Zeitung. Mit meinem Gesicht! Mit offenem Mund! Und dazu noch mein Alter. Wie peinlich!

Von wegen Ruhe. Jetzt fangen die Probleme erst an. 12 Millionen sind schon verplant. Doch was mache ich nur mit dem Rest? Nun steht der Lebenszeitfresser Nummer 1 nicht mehr vor der Tür, sondern sitzt mir ständig im Nacken. Tag und Nacht! 12 Millionen!

Und dann die Einsicht: Der einzige Lebenszeitfresser bin ich selbst. Ich ganz alleine.

****

Der Kuss im Turm

Düster ragt die Ruine des Wehrturms in die vom Sturm zerfetzten Wolken empor, die über den Himmel jagen. Die schwarzen Wolkenbänke hängen so niedrig, dass ihre regenschweren prallen Bäuche an dem vermoosten Gemäuer der Zinnen aufgeschlitzt werden. Wie abgebrochene Zähne bleckt der Turm sie dem Sturmwind entgegen.

Es ist kalt hier oben auf dem einsam in die Landschaft gerammten Gemäuer. Eine steife Brise schüttelt die lose aufeinander sitzenden Steine kräftig durch. Von Zeit zu Zeit löst sich ein Stein und stürzt in die Tiefe. Zum Glück! Rot umrandete Schilder halten Kletterer davon ab, sich meinem Hort zu nähern.

Ich muss mich gut festhalten, um nicht hinab gerissen zu werden. Ständig auf dem Sprung und doch verhaftet, biete ich trotzig Widerstand. Der Wind spielt mit mir und biegt mich wie einen Grashalm nach allen Seiten. Packt mich eine besonders steife Brise, dann ducke ich mich, igle mich ein, werden klein wie ein zusammen geknautschtes Wollknäuel und lache den enttäuscht über mich hinweg brausenden Sturmböen hinterher. Dabei merke ich sehr wohl, wie gefährlich weit ich über den Rand der Zinnen kippe, wie ich hin und her schwanke, doch meine Krallen haben sich tief in das bröselnde Gestein der Turmmauer verhakt.

Es dämmert. Noch ist die Zeit nicht gekommen, um aufzubrechen und über das schwarze Meer aus Bäumen hinweg zu gleiten. Erst gilt es, die Beute des Vortages zu verdauen und dann die Reste als Gewölle in die Tiefe des entkernten Turms zu würgen. Ich blicke den spärlichen Resten hinterher, wie sie der Schwärze entgegen trudeln und dann verschwinden.

Jetzt ist es wieder soweit. Noch spüre ich die bleierne Müdigkeit in den Gliedern. Der erneut erwachte Heißhunger reißt mich jedoch aus der Apathie. Ich schüttele mich und sträube das Gefieder, bis das Blut wieder in die gefühllos gewordenen Ständer und Flügel eingeschossen ist. Dumpf spüre ich die Leere in mir und giere nach neuem Futter. Doch dazu muss ich erst dem grauenden Morgen entgegen fliegen und dann auf Stunden hin weit oben am Himmel über dem fern gelegenen Städtchen meine Kreise ziehen, solange, bis ich etwas erspähe, das mich, wenn auch nur für einen Tag, wieder zufrieden stellen wird.

Der Turm will mich nicht ziehen lassen, denn ich bin sein einziger Freund. Nur mir kann er seine Geschichten erzählen aus einer Zeit, als er noch ein Eckpfeiler der inzwischen längst verfallenen Burg gewesen war.

Durch das lange Ausharren scheint mir inzwischen die Ballenhaut mit dem Mauerwerk verwachsen zu sein. Ich muss mich mit aller Kraft abstoßen und erst wie ein Stein in die Tiefe stürzen, ehe ich wieder meine starr gewordenen Schwingen im freien Flug ausbreiten kann. Im ersten Augenblick glaube ich, das Fliegen verlernt zu haben und auf dem blanken Felsen des Abhanges aufzuschlagen, um dann zerfetzt vom Sturm aufgenommen und in alle Winde verstreut zu werden.

Doch welch unsägliche Freude, wenn es mir dann gelingt, meine Schwingen zu entfalten und, vom Aufwind gepackt, dicht über die Wipfel der Fichten zu segeln. Das Schwirren der Äste dringt zu mir hinauf und ich spüre, wie die Baumspitzen an meinem Bauchgefieder kitzelnd entlang schurren. Manchmal lasse ich mich noch ein Stück weiter in die Tiefe stürzen, bis sich die Äste schon beinahe wie ein Tuch um mich schließen und zur letzten Ruhe betten. Erst im letzten Augenblick, ehe ich fast schon aufpralle, breite ich meine Flügel dann in der gesamten Spannweite aus und lasse mich vom Wind wieder in die Höhe reißen.

Es ist ein langer Flug in die Stadt.

Es dauert inzwischen immer länger, bis ich bei der Vielzahl gelebter Augenblicke fündig werde. Ich fühle, wie es mich vor grimmigem Hunger innerlich zerreißt. Doch ich muss mich noch gedulden. Nur ein absolut originäres Einzelstück darf ich meiner Sammlung hinzufügen. Licht, rein und klar muss es sein, gänzlich unverfälscht und in sich stimmig. Alles, was sich da im Licht der hellen Mittagssonne unter mir abspielt, lasse ich als schon bekannt vorüber ziehen oder weil ich den unechten, fauligen Kern in ihm wittere, der nur meinen eigenen Verfall beschleunigen würde. Die Farben, die zu mir hinauf leuchten, verlocken mich. Doch die Gerüche, die ihnen anhaften, verraten mir, in welch erbärmlichen Zersetzungszustand das Objekt meiner möglichen Wahl bereits übergegangen ist.

Ich gebe gerne zu, dass ich die Anspannung nach der langen Zeit des stillen Wartens liebe, denn ich fühle mich durch die freudige Erwartung, die die Jagd mit sich bringt, verjüngt.

Heute dauert es lange und ich spüre, dass ich erschöpft bin. Unentwegt kreise ich jedoch weiter, während sich der Tag schon gefährlich seinem Ende neigt. Was geschehen würde, wenn ich ohne Beute zum Turm zurückkehrte, steht mir deutlich vor Augen und treibt mich an. Es wäre das Ende, wie mir der Turm immer wieder wispernd prophezeit. Also suche ich weiter.

Da! Fast wäre es meiner erlahmenden Aufmerksamkeit entgangen. Jetzt muss ich schnell sein. Ich fasse das sich plötzlich mir so unverhofft bietende Ziel ins Auge, stürze in die Tiefe, treibe mich durch kurzes Flügelschlagen an, um dann, mit eng an den Körper gelegten Flügeln, wie ein Blitz unter die Menschen am Brunnen zu fahren. Schnell muss ich sein, um zu verhindern, dass geschieht, was sich ankündigt, ehe meine Krallen zugeschlagen haben.

Es ist ein auf den Lippen eines Pärchens bereit liegender Kuss, den ich ausgespäht habe. Zwei sich Liebende, die dort unten am Brunnen aufeinander zulaufen, die Arme erwartungsvoll gehoben, die Hände dem Anderen weit entgegen gestreckt und die Lippen, hier rot umrandet, dort von einem Bart umrahmt, in froher Erwartung gespitzt. Die Köpfe schieben sich dabei im Laufen auf gereckten Hälsen vor, um die Wegstrecke, die noch verbleibt, zu verkürzen. Alles ist nur noch eine Frage des Augenblicks, während ich mich unterdessen auf halber Höhe mit einer Windböe abzuplagen haben, die sich in meinem Gefieder verfängt und mich abbremst. Plötzlich spurtet der Mann in leichten Tennisschuhen los, als ahnte er die auf ihn herabstürzende Gefahr. Doch die Frau gleicht zum Glück mit überhöhten Stöckelschuhen, in denen sie kaum auf dem Kopfsteinpflaster voran kommt, die Geschwindigkeit des Mannes aus. Dieser Kuss, der ihre Münder schon im Voraus rundet, gehört nicht länger der Welt der Liebe an, sondern gilt alleine mir!

Das Schlagen meiner Flügel über ihren Köpfen lässt sie zusammenzucken. Ich nutze ihr irritiertes Zögern, um ihnen diesen Kuss auf immer zu stehlen, indem ich ihn von ihren Lippen abziehe und zugleich aus ihrem Gedächtnis zu lösche.

Die Spitzen meiner Schwingen gleiten über ihre Scheitel hinweg. Ehe sie sich versehen haben, erschrocken mit den Händen über ihre Haare fahren und die Gesichter zu mir empor recken, bin ich schon davongeflogen, während meine Krallen den zuckenden und sich wie ein Wurm windenden Kuss umklammert halten. Beeilen muss ich mich, dass er mir nicht zu sehr im eisigen Wind auskühlt und zu einem leblosen Ding erstarrt.

Den Beiden, die noch immer in die Höhe starren, wird nichts als eine kühle Windböe, die sie auf einmal auseinander getrieben hat, in Erinnerung bleiben. Aber das Zittern, das sie plötzlich befallen hatte, wird ihnen nachts im Traum eine andere Sprache sprechen. Denn ihre Körper haben längst begriffen, was der Verstand ihnen an Einsicht nicht zugestehen will und durch Löschen des Geschehens ihm auf immer vorenthalten bleibt. Im Traum jedoch wird ihnen diese Seite wieder aufgeschlagen, von deren dunklen Inhalt sie sich die nächsten Tage mit klammem Herzen erzählen werden.

Froh, meine Beute nach wie vor munter zappeln zu fühlen, nutze ich den mir günstig gesonnenen Aufwind des Südhanges, um ohne größere Schwierigkeiten zurück zu meinem Turm zu kehren. Vorsichtig lasse ich mich auf dem weichen Moosbett, das sich in einem sich stetig erweiternden Riss im Mauerwerk gebildet hat, nieder. Erschöpft schließe ich die Augen und spüre, dass es nicht mehr lange währen wird, bis ich zu alt für dieses Jagen geworden sein werde. Aber noch ist es nicht soweit!

Die Beute windet sich und will mir sogleich entkommen, als ich den Griff lockere, um die zwei Lippenpaare nun endlich aufeinanderprallen zu lassen. Ich schließe die Augen und nehme die sich daraus entwickelnde Wärme in mir auf. Jetzt erkennen die Lippen, was ihnen droht und versuchen vergeblich, sich gegen die von mir erzwungene Annäherung zu sperren. Sacht genug, sie nicht zu verletzten, schiebe ich sie weiter zusammen, bis sie ganz geschlossen aufeinander zu liegen kommen und auch das letzte Quäntchen Energie aus ihnen zu mir übergeströmt ist.

Der Kuss lebt noch eine Weile weiter, bohrt sich in mein Gedächtnis ein, verankert sich dort, ehe er dann eingeordnet, archiviert und katalogisiert wird. Mehr bleibt für mich den Rest der Nacht über nicht mehr zu tun und ich nehme wieder meine Ausgangsstellung in der mich umhüllenden Schwärze ein, horche noch eine Weile dem Murmeln des Turmes zu, der sich in die verlorene Vergangenheit verliert, während ich wegdämmere.

Das ferne Heulen der Bauernhofhunde aus dem nahgelegenen Dorf dringt diese Nacht bis zu mir empor und weckt mich, wohl, weil die Luft durch den Sturm rein gefegt ist. Hoch setzt die Stimme eines Hundes ein. Ich schlage im Archiv nach und bemerke mit Freude, dass mir noch genau dieser Ton fehlt. Mit dem zufriedenen Gefühl, schon jetzt leichte Beute für den nächsten Tag anvisiert zu haben, schlafe ich wieder ein. Im Traum sehe ich das Paar, wie es mit wachen Augen getrennt voneinander in ihren Betten unter vielen Decken liegt und verzweifelt versucht, die Kälte aus ihren Körpern zu verscheuchen.

Der Kuss, der am nächsten Morgen schlaff in meinen Krallen hängt und dabei wie ein abgestorbenes Blatt vom Wind geschüttelt wird, lass ich nun, da er nutzlos geworden ist, ins Innere des Turms hinein segeln. Dort häufen sich die längst zu Staub zerfallenen Früchte meines täglichen Jagens und formen sich zu einem blassen Abklatsch des Bilderbuches der archivierten Augenblicke, das die Aufschrift trägt: *„Jetzt"*

****

Klimawandel

Wir hängen in Säcken. Sie sind luftdurchlässig, aber wasserabweisend. Das erweist sich als sehr günstig für uns, denn wir hängen an den Ästen der mächtigen Kastanienbäume des Biergartens im Freien. Das ist jedenfalls alles, was es darüber an Angenehmen zu sagen gibt. Der Rest ist es weniger. Bei jedem Windstoß schaukeln wir hin und her. Einmal gab es einen Sturm. Da wurde mir richtig schlecht.

Jeder von uns hing erst einmal an je einem Ast. Dann füllten sich die Äste der Bäume. Jetzt hängen zwei oder drei an jedem der mächtigen Äste. Kaum einmal bricht ein Ast durch.

An jenem Tag, als es geschah, war der Biergarten trotz Coronapandemie gut besucht. Am Abend waren dann die Bäume schon voll von uns. Arme und Beine sind in dem Sack, in dem wir stecken, nach oben ausgestreckt und der Rücken hängt nach unten hin durch. So können sie uns bei Bedarf besser erreichen. Wir sind sozusagen portioniert abgepackt. Zum baldigen Verzehr.

Der Überfall an jenem sonnigen wunderschönen Biergartenwettertag erfolgte so plötzlich, dass ich vor Schreck mein Weißbierglas umstieß. Mein letztes Weißbier! Wie gerne würde ich noch einmal nur einen Schluck davon trinken.

Auf einmal kamen sie von überall her angekrochen. Angekrochen? Nein, das stimmt nicht. Es war kein Krabbeln, sondern sie flitzten. Es war wie eine Flutwelle, die über den Boden hinweg schwappte. Ein Aufschrei ging durch die Menge. Manche versuchten davonzulaufen. Sinnlos! Sie wurden in Sekunden eingeholt. War es ein Biss oder ein Stich? Da bin ich mir immer noch nicht so sicher. Leute stürzten reihenweise um und wurden, wie auch ich, sofort eingesponnen und in die Höhe gehievt.

Zunächst begriff ich rein gar nichts. Es ging alles so schnell! Ein Stich am Bein, dann, so glaube ich, noch ein Zweiter, denn ich bin schwergewichtig und das Netz, in dem ich hänge sackt ordentlich nach unten durch. Dann war da auch schon eine ungeheure bleierne Müdigkeit. Apathisch verfolgte ich, wie ich eingesponnen wurde. Schon schleppten mich etliche Dutzend der vom Körper her etwa im Durchmesser gut fußballgroß messenden Spinnen an einem dicken Faden hinter sich her. Sie schleiften mich über den Kies, über den ich kurz vorher geschritten war, um mich bei der Grillstation wegen einer Portion Spareribs anzustellen. Auf den Biertischen, sofern sie nicht mitsamt den Bänken umgestürzt waren, lagen noch umgefallene Maßkrüge und Flaschen. Teller lagen zerbrochen am Boden. Um all das gute Essen – Schweinshaxen vom Grill, Spareribs, Brezeln, Ofenkartoffeln, Pommes und so weiter, das Übliche eben – kümmerten sie sich nicht. Warum auch – sie konnten damit ja gar nichts anfangen.

Es handelt sich um eine Spinnenart, die ich in dieser Größe zuvor noch niemals hier bei uns gesehen habe: Stählern und grünlich im Sonnenlicht blinkend, auf langen, kräftig ausgebildeten Beinen, kalt starrende Augen, die leicht knopfartig vorstehen und mit sich ständig in Bewegung befindlichen Mundwerkzeugen. Und schnell sind sie – ungeheuer schnell.

Später sah ich dann, dass sie aus irgendwie sich weitenden Ritzen im Boden quollen und sich auch wieder dort hinein verzogen, nachdem wir alle wohlverpackt in den Bäumen hingen. Wie ein Spuk waren sie verschwunden und eine Zeitlang sah ich keine einzige Spinne mehr.

So war das gewesen. Seitdem vergehen die Tage. Manchmal scheint die Sonne, manchmal regnet es. Von draußen dringt kein Laut. Kein Auto fährt mehr auf der sonst doch ziemlich befahrenen Straße, die den Biergarten in weiter Schleife umrundet. Nur noch die leeren

Fahrzeuge stehen herum, aus denen sie die Insassen herausgezerrt hatten. Von meiner erhöhten Position auf dem Baum konnte ich sehen, wie sie sie eingesponnen und dann auf die verschiedenen Bäume verteilt haben.

Wir erzählen uns, während wir im Wind schaukeln, unsere Lebensgeschichten. Leise. Denn sie vertragen keinen Lärm. Ist jemand zu laut, schreit, jammert oder wimmert auch nur, krabbeln sie hoch und stechen zu. Das sind dann die nächsten Opfer, die schwarz werden. Aber später, später! Ich greife vor.

Aber doch, ich muss es jetzt erzählen. Weiß ich denn, wieviel Zeit mir noch bleibt? Wir sehen zu, wie der zuvor heftig schwingende Körper des Opfers langsam ausschwingt, während die Spinnen ihn schon längst wieder verlassen haben. Es dauert seine Zeit, bis die Säure, die sie eingespritzt haben, wirkt. Langsam löst sich der Körper in dem Sack zu einer im Wind schwappenden Flüssigkeit auf. Bis auf die Knochen, die Haare und noch ein paar Kleinigkeiten. Zähne wohl, wie auch alles sonst, was an Implantaten so in uns ist: Künstliche Hüftgelenke, Platten, Herzschrittmacher und so weiter. Das bleibt übrig. Bewegt sich dann der nur noch mit Flüssigkeit und diesen paar unlösbaren Dingen gefüllte Sack im Wind, gluckert es eigentümlich. Dann kommen die Spinnen wieder – einzeln oder zu mehreren. Sie schlürfen die Flüssigkeit schmatzend aus dem Sack. Dieses Geräusch wird mir bis zum Lebensende in Erinnerung bleiben. Wer weiß, wie lange das noch sein wird.

Die Überreste der makabren Mahlzeit werden abgepflückt und die frei gewordenen Plätze in den Kastanienbäumen mit neuen Körpern in Säcken behängt. Fast wie Christbaumkugeln an einem Weihnachtsbaum muss das für einen Außenstehenden aussehen. Nur bar jeglicher Feierlichkeit.

Wie Klöppel von Glocken schwingen wir im lauen Sommerwind hin und her. Natürlich haben wir die Lautstärke, in der wir miteinander sprechen können, ausgetestet. Anfänglich wurden einige von uns dabei gestochen. Aber jetzt haben wir es raus. Manchmal singen wir sogar.

Von den Neuen erfuhren wir nach und nach, wie es anderswo in der Stadt aussah. Im Prinzip nicht anders als hier. An jedem Pfeiler, an Brücken, auf Bäumen, Balkonen, Strommasten und wo immer sonst noch möglich, hingen Säcke mit Körpern, die zum Teil schon zu Flüssigkeiten umgewandelt waren.

Neben dem Biergarten befindet sich ein Kindergarten. Den haben sie im Nu ausgeräubert. Fast lustig war es anzusehen, wie die winzig kleinen Säckchen mit den Kinderchen so federleicht hin und her schwangen. Doch sie blieben uns nicht lange, weil sie einfach nicht mit dem Schreien aufhören wollten.

Mit der Zeit wechselten viele Säcke um mich herum. So hing ich bereits neben vielen verschiedenen Personen. Interessante Gespräche entwickelten sich. Manchmal auch durchaus hitzige Diskussionen – im Flüsterton, versteht sich. Darunter waren natürlich auch die üblichen Verschwörungstheorien, auf die ich persönlich nichts gebe. Der Klimawandel sei schuld an dieser Spinneninvasion! So ein Unsinn!

Von Autofahrern, die kurz vor dem Überfall noch Nachrichten gehört hatten, erfuhren wir, dass niemand auch nur das Geringste geahnt hatte. Die Nachrichten brachten die üblichen Meldungen zur Entwicklung der Coronazahlen, gaben die Maßnahmen der Regierung zur angekündigten Steuererhöhung bekannt, wiesen auf schwere Unwetter hin, die am Abend übers Land ziehen sollten und uns dann auch tatsächlich eine heftige Nacht in den Säcken bereiteten. Masken brauchen wir nicht mehr zu tragen, soviel steht fest. Nicht nur, weil genügend Abstand zwischen uns eingehalten wird.

Übrigens hatten die Spinnen, um an die Insassen der Autos zu kommen, die Autoreifen angepiekst, sodass die Luft entwichen war und die Leute ausstiegen, um nachzusehen, was wohl geschehen sein mochte. Hieran zeigt sich doch, dass die Invasoren über eine erstaunliche Intelligenz verfügen.

Während des angekündigten Sturms fielen ein paar Säcke herunter und wurden beschädigt. Manche konnten sich befreien und ein Stück weit fliehen, bevor sie wieder eingefangen wurden. Dann hingen sie wieder neben uns, dieses Mal nur eben bereits angepieckst, in Auflösung begriffen und zum baldigen Verzehr bestimmt.

Das Gute ist, dass es nicht weh tut. Man löst sich auf, das ist alles. Die, die es trifft, schließen die Augen und ich meine sogar, den Einen oder Anderen von ihnen durch die Hülle hindurch lächeln zu sehen. Keiner ist mehr ansprechbar. Auf Fragen hin verweigern sie jedenfalls jegliche Antwort. Einen habe ich erlebt, der leise vor sich hingesummt hat. Ein altes Lied der Beatles. Ich glaube, es war *Yellow Submarine.* Doch er verstummte ziemlich schnell.

Schön ist, dass Flüstern toleriert wird. Es ist doch gleich anders, wenn wir uns untereinander austauschen können. Dumm für die, die abseits hängen und nichts von unserer Unterhaltung verstehen können. Rufen geht nicht. Und Lachen? Es gibt hier nichts zu lachen.

Ich vergaß zu erwähnen, dass sie auch Hunde in Säcken aufknüpften. Die wurden allerdings gleich durch ihren Biss oder Stich in Narkose gelegt und alsbald aufgebraucht, da diese sonst, sobald sie wieder wach wurden, nicht aufhörten, in den Säcken zu kratzen, ohne sie jedoch eröffnen zu können. Es war wohl hauptsächlich das Jaulen und Kläffen, das die äußerst geräuschempfindlichen Spinnen störte. Uns übrigens auch. Jetzt gibt es nirgendwo einen Hund und auch keine anderen Tiere mehr zu sehen: keine Katzen, keine Mäuse oder Ratten, keine Vögel, nicht einmal mehr Insekten. Ich frage mich, wovon sie sich ernähren werden, wenn sie uns alle aufgebraucht haben.

Die Spinnen werden von Tag zu Tag geräuschempfindlicher und wir getrauen uns nur noch, ganz leise zu flüstern. Es hat wohl mit ihrer Brut zu tun, die sie in ähnlichen, nahezu völlig durchsichtigen Säcken, in denen es nur so wimmelt und wuselt, neben uns aufziehen Jedes Husten bewirkt jedenfalls bereits den finalen Stich. So können wir uns nur noch mit dem unmittelbaren Nachbarn unterhalten, der das Gehörte dann an den nächsten Nachbarn leise weitergibt. Das ist ziemlich mühsam.

Hunger und Durst hat niemand von uns. Ich weiß nicht wieso das so ist. Schließlich hänge ich bereits viele Tage im Baum. Ich hätte die Tage zählen sollen. Jetzt ist es dazu zu spät.

Am Anfang hofften wir noch auf Hilfe, auf Befreiung von außen. Die Spinnen konnten ja schließlich nicht das ganze Land überfallen haben. Doch nichts und niemand kam.

Die Langeweile ist groß, nachdem sich der Schrecken gelegt hat, weil er zur Gewohnheit geworden ist. Alle wissen, was sie erwartet. Nur der Zeitpunkt für jeden Einzelnen ist unklar. Außer man fängt zu Schreien an, um dem Warten ein Ende zu setzen. Wird ein Neuer von den Spinnen in seinem Sack über den Kiesweg geschleift und neben uns aufgeknüpft, gibt es erst einmal ein großes Hallo. Aber bald merken wir, dass wir von dem Neuankömmling nur das erfahren, was wir ohnehin schon alle wissen. Aber es sind die Nuancen, die die Erzählungen doch noch ein wenig interessant machen und die Langeweile vertreiben.

Dass auch jeglicher Schmerz fort ist, selbst bei denjenigen, die aufgrund chronischer Arthrosen oder sonstiger Leiden Schmerzmittel gebraucht hatten, ist erstaunlich und nicht wirklich zu erklären. Hier überschlagen sich Vermutungen und Deutungen. Ich hatte schon mal gehört, dass man ein homöopathisches Mittel aus gemörserten Spinnen gegen chronischen Schmerz in der alternativen Medizin verwendet. Vielleicht wirkt ein Spinnenbiss oder Stich ähnlich? Ich bin jedenfalls froh, meine leidigen Zahnschmerzen, die mich seit Monaten geplagt hatten, mit einem Schlag losgeworden zu sein. Hier in unserer Situation weiß man mit der Zeit auch die kleinsten Vorteile zu schätzen.

Einmal sah ich zu, wie sie einen jagten, der aus seinem zu Boden gefallenen und aufgeplatzten Sack entkommen konnte. Zunächst taumelte er wie betrunken, da er, wie wir alle, schon lange nicht mehr Arme und Beine benutzt hatte. Die Spinnen hatten leichtes Spiel mit ihm. Und sie spielten auch mit ihm. Ein paar von ihnen sprangen ihn an und ich konnte bewundern, wie erstaunlich hoch sie springen konnten: Bis zum Gesicht hoch. Erst stachen oder bissen sie (so genau habe ich nie sehen können, wie sie es machen) noch nicht zu, sondern ritten auf der taumelnden Gestalt quer durch den Biergarten. Irgendwann waren sie des Spielens wohl überdrüssig. Es müssen wohl mehrere Bisse auf einmal gewesen sein, denn der Mann stürzte wie ein gefällter Baum um.

Was aus unseren Kleidern geworden ist, weiß ich nicht. Jedenfalls sind wir alle nackt. Dennoch ist es geradezu kuschelig warm in unseren Säcken. Wir frieren nicht. Und wie es im Winter sein wird, darüber brauchen wir uns sicherlich keine Sorgen mehr zu machen.

In der Nacht ist es still. Niemand wagt auch nur das kleinste Geräusch von sich zu geben, das weit in die Stille hineingetragen würde und den finalen Stich zur Folge hätte. Nur dann und wann hört man das leise Knacken von vielen Beinchen, wenn sie den Baum empor klettern und einen von uns auswählen. Darüber hinaus gibt es nur die völlige Dunkelheit und das Schwanken im Wind.

Sonst gibt es nichts mehr zu berichten.

Über mir krabbelt etwas den Ast entlang. Kommen sie jetzt zu mir? Nein, es ist die Gemüsefrau gleich neben mir, die Morgen verflüssigt in ihrem Sack hängen wird. Doch jetzt! Sie kommen zurück. Direkt über mir! Sie halten inne! Es kitzelt, als sie sich meinen Rücken entlang hinunter hangeln. Der Stich. Ich habe ihn kaum gespürt. Und ich weiß noch immer nicht, ob es nicht doch ein Biss ist. Es ist, als würde eine Feder sanft über die Stelle am Po, die sie sich stets dazu aussuchen, streichen. Ein Hauch. Fast hätte ich es nicht bemerkt. Das Kitzeln der vielen Beinchen, als sie wieder von mir herunter krabbeln. Mich in Ruhe weiter im Wind schwingen lassen.

So müde. Ein weites, unendliches, geradezu ozeanisches Gefühl. Schlafen, nur schlafen. Wie schön ist es, das Meer jetzt in sich rauschen zu hören. So warm wird es. So schön ist es, so still, so.......

****

Aufbruch

Nummer 112 räkelte und streckte sich. Der Winter war ungewöhnlich hart gewesen und sie hatten nur überlebt, weil sie sich in ihren Gängen bis in die untersten Schichten des Moosgeflechts zurückgezogen hatten. Er hatte die Zeit nicht ungenutzt verstreichen lassen, sondern die Weibchen der Reihe nach gedeckt. Jetzt fiepste, quietschte und wuselte es um ihn herum. Stolz ließ er es sich gefallen, wie die zum Teil noch blinden kleinen Körperchen, die seine Nachkommen waren, über ihn hinweg trampelten und ihm keine Ruhe gönnten. Ruhe hatten sie schließlich genug gehabt! Jetzt, da die Kleinen da waren, hieß es für die Alten: *Aufbruch zu neuen Ufern!*

Einige von ihnen stemmten sich gegen dieses uralte Gesetz. Vor allem diese Nummer 147. Aber schließlich war er noch immer die Nummer 112 und würde sich durchsetzen.

Nur ein wenig gereckt und das Mäulchen aufgemacht: Schon stülpt sich das frische moosige Grün ins Maul und es braucht nur noch gekaut zu werden. Schlaraffenland! Ja, das war es, warum diese alten Säcke nicht weg wollten! Dabei waren die Gänge im Winter soweit ausgefressen worden, dass sie nun eher lichten Kathedralen glichen. Auf der verbleibenden dünnen Moosdecke schimmerte die Schneedecke durch und das Schmelzwasser tropfte herunter. Zudem war der erste Winterwurf geschlechtsreif und die neuen Weibchen gedeckt.

Neue Würfe, kaum Platz, weniger Moos. Keine Ecke, in der man nicht auf vor Kraft strotzenden Männchen stieß, die ihm den Rang abstreitig machen wollten. Die Stimmung war aggressiv aufgeladen. Erste Bissverletzungen warnten vor einer Eskalation. Das konnte so nicht weitergehen! Er musste seine ganze Autorität einsetzen und die Alten überzeugen!

Er eilte zur Zentralhöhle und rief die Ältesten zusammen. Dabei merkte er, wie hell es über ihm geworden war. Das ewige Grauschwarz war einem milchigen Licht gewichen. Unverkennbar: Der Frühling nahte!

Er bahnte sich den Weg durch die nur noch dünne Schneedecke zur Oberfläche. Im selben Augenblick, als er seinen Kopf mit der stolz aufgerichteten Tolle durch die Schneeschicht stieß, durchbrach die Sonne die Wolken, umflutete ihn und legte ihm einen Mantel aus goldenen Strahlen um den Körper. Er spürte die Wärme, wie sie durch seinen Pelz drang, erlebte den Gegensatz der Hitze über ihm und der Kälte, die vom Schnee her in ihn drang, von der dumpfen Luft unter dem Moos und dem frischen Windhauch, der ihn umspielte. Ja, Gegensätze galt es zu schaffen! Es muss wieder eine Lust sein, zu leben! Vorbei mit der grauen Zeit in dumpfen, stickigen und beengenden Höhlen.

Er tauchte wieder ins Moos ein. Inzwischen hatten sich die Alten eingefunden und hörten ihm gebannt zu:

„Artgenossen! Wir platzen aus allen Nähten! Unsere Vorräte an Moos wachsen nicht so schnell nach, wie wir sie vertilgen! Was wird die Folge sein? Die Gänge werden breiter und bieten uns keinen Schutz mehr. Das ausgedünnte Moos wird uns als Nahrung bald nicht mehr ausreichen. Wir werden entweder erfrieren oder verhungern. Es gilt, das Volk zu retten. Dazu müssen Opfer gebracht werden!"

Nummer 147 erhob sich. Er war alt geworden. Kaum konnte er noch auf seinen Beinen stehen. In diesem Winter war er nahezu schneeweiß geworden. Mit dünner Stimme rief er:

„Wir dürfen nichts übereilen. Unser Volk neigt leider dazu. Das berichten schon die alten Mythen. Wir sollten zunächst Quellenstudien betreiben. Dann schicken wir Kundschafter aus, um das Gelände zu inspizieren. Wenn alle Daten gesammelt und gesichtet sind, wird eine Kommission gebildet, die den alten dann einen Bericht vorlegen wird. Ein unüberlegter Aufbruch, wie es Nummer 112 fordert, wäre von Übel und würde dem Volk schaden."

Nummer 112 unterbrach ihn ungeduldig:

„Kommissionen, Beratungen, Berichte! Genau das brauchen wir nicht. Dazu haben wir keine Zeit mehr. Jetzt muss gehandelt werden. Ich weiß, wovon ich rede! Wenn wir hierbleiben, bringen wir uns gegenseitig um."

Nummer 112 hatte zahlreiche Anhänger, die in Rufe der Begeisterung ausbrachen. Er versuchte es mit einem Kompromiss:

„Dann teilen wir uns eben. Ich gehe voran und nehme die Jungen und die Brut mit. Die Alten und vor allem Nummer 147 halten die Stellung hier. Wir brechen auf. Heute Nacht noch! Nur durch schnelles Handeln können wir überleben."

Die ganze Nacht wurde debattiert. Es wurde geschrien, gepfiffen, gefiept und etliche Schlägereien endeten mit schweren Bissverletzungen. Nummer 147 konnte sich nicht durchsetzen.

„Ruhe jetzt! Ich gebe mich geschlagen. Da sonst kein Frieden mehr unter uns herrschen wird und das Volk nicht geteilt werden darf, ziehen wir eben alle von hier fort. Gleich bei Anbruch des Abends, wenn das Moos noch warm ist, geht es nach Westen. Nur einigen Weibchen und die Brut, die noch nicht laufen kann, bleiben hier."

Die Versammlung wurde aufgehoben und Nummer 112 jubelte über seinen Sieg.

Es dauerte, bis sich der lange Tross endlich in Bewegung setzte. Nummer 112 musste die Jungen kräftig antreiben und auch die letzten Alten aus ihren weichen Mooskuhlen heraus scheuchen.

Es war ein herrlich strahlender und absolut wolkenfreier Tag. Die Sonne neigte sich dem Horizont zu. Sie wanderten auf einer dicken Schicht Moos wie auf einem Teppich. Nummer 112 rief:

„Wir müssen uns beeilen, ehe die Dunkelheit hereinbricht! Nach Westen! Immer nur nach Westen!"

Unzählige Fellbüschel bewegten sich wie in Trance über das Moos. Die vordersten Reihen fielen in einen Dauergalopp und die Hinteren bemühten sich, ihnen, so gut es eben ging, zu folgen. Sie hatten es nicht weit. Kurz hinter dem Moosfeld des Hochlandes, auf dem sie bisher gelebt hatten, ragte eine Felsennarbe auf, die sie leicht überwinden konnten. Unmittelbar dahinter fiel der Fels schroff zum Meer hin ab, das so tief gelegen war, dass die hoch spritzende Gischt des aufgebrachten Wassers wie eine dünne weiße Girlande erschien.

Für einen Augenblick sah es so aus, als würden sie der Sonne, die nun den Horizont über dem Meer berührte und das Wasser glutrot färbte, entgegen fliegen. Doch die Gesetze der Schwerkraft galten auch für Lemminge. Die vordersten Reihen stürzten mit erschrockenem Fiepen in die Tiefe. Das Wasser war bald mit einem Teppich aus Fellknäueln bedeckt, der gegen die Klippen geworfen und zerrieben wurde. Das Rot der Abendsonne mischte sich mit dem Rot zerfetzter Körper.

Als Nummer 147 sich vom Felsen abhob, was das Letzte, das er hörte, die Stimmen tausender Artgenossen, die Jahr für Jahr an derselben Stelle zum Flug in die Freiheit angesetzt hatten. Niemand kann es verhindern. Niemals würde die Vernunft siegen. Das Fiepen der Sterbenden übertönte das Tosen der Brandung, auf die er nun zusammen mit Nummer 112 stürzte. Gemeinsam prallten sie auf und wurden mit der nächsten Welle ins offene Meer hinaus gezogen.

****

54. Breitengrad

Unverrückbar blieb der 54. Breitengrad an Ort und Stelle, ganz gleich, was immer auch um ihn herum geschah. Gut verfugt in den Boden der Fußgängerzone eingelassen, markierte er als kleine Sehenswürdigkeit den Ort und trennte strikt den Süden vom Norden.

Kinder tänzelten und balancierten auf ihm herum. Eng verschlungene Paare trennten sich kurzzeitig über ihm, nur noch mit ihren ineinander verhakten Fingern verbunden, bis auch diese sich lösten und Sehnsucht in ihren Augen aufleuchtete, die sie schnell wieder zusammenfügte. Bürger schnauften über ihn hinweg und leisteten ihren unverzichtbaren Joggingpart ab. Touristen bewunderten Fassaden, während die Krümel der Matjesbrötchen auf ihn herab rieselten und von hungrigen Tauben aufgepickt wurden. Ohne Aufbegehren nahm er hin, dass Tag für Tag auf ihm getrampelt, im Zickzackkurs mit starker Schlagseite getorkelt, flaniert promeniert, ausgeschritten und gehüpft wurde.

Im Gegenteil, er liebte es, sich an Hand der Geräusche schlurfender, trippelnder und stampfender Schritte die Benutzer der jeweiligen Schuhpaare vorzustellen, noch ehe sie ihn mit ihren Schuhsohlen betraten. Dabei verharrte er träge, wie eine Schlange, die sich gradlinig ausstreckte, gleich, ob Sonnenschein oder prasselnder Regen auf ihn fiel. Er formte still die Gedächtnisspur seiner Errichter, die versuchten, die Welt durch ihn und 179 parallel zu ihm in jeweils gleicher Entfernung errichteten Kreisen ein Stück mehr unter sich aufzuteilen.

Eines Tages wurde es auch diesem duldsamen Gesellen zuviel. Eine unüberschaubare Menschenmenge drängelte sich über ihn mit Spruchbändern, Plakaten und schrill tönenden Trillerpfeifen. Es waren mehr Menschen als zu den ärgsten Stoßzeiten, wenn in allen

Straßencafes Hochbetrieb herrschte. Dieses unablässige, nicht enden wollende Trampeln der Leute störte ihn über alle Maßen, denn er vermochte sich nicht mehr auf die einzelnen Schuhpaare zu konzentrieren. Zunächst verstand er die Worte der aufgeregten Menge nicht, bis ein zerfleddertes Flugblatt auf ihn fiel:

„Giftalarm! Schluss mit dem grausamen Hundemord! Wir fordern endlich ein energi......."

Mehr konnte er nicht lesen, denn der Wind trieb das Blatt weiter mit sich fort. Es segelte geradewegs der Ostsee entgegen, um von den Wellen hinaus aufs offene Meer und dort in die Tiefe des Wassers wieder von den Schriftzeichen sauber geleckt zu werden.

Doch er hatte verstanden. Jemand ermordete diese possierlichen Vierbeiner, die ihn so oft mit ihren vier Pfoten sanft berührten, an ihm schnüffelten, nach seinem Befinden fragten und ihn respektierten. Sie waren so ganz anders als die zweibeinigen Menschen, die Dosen, Pappteller, Currywurstsoßen und geschmolzenes Eis auf ihn fallen und tropfen ließen. Nur selten ließen sie und meist nur, wenn sie noch jung waren und noch nicht wussten, was sich gehörte, ihre übelriechenden Ausscheidungen auf ihm ablegten. Während er unter dieser Last, deren Geruch sein ästhetisches Empfinden zutiefst kränkte, bis zum nächsten Regen oder dem Eintreffen der Straßenreinigung ausharren musste, fühlte er keinen Groll gegen die Samtpfoten, sondern nur gegen deren Halter. Wie sie sich mit gesenktem Kopf schuldbewusst umschauten, ob jemand sie beobachtete und dann eilig vom Ort des Geschehens weghasteten. Dabei zerrten sie die bedauernswerten vierbeinigen Wesen so schnell hinter sich her, dass er nur darauf wartete, wann einem von ihnen dabei die Luft abgeschnürt werden würde.

Heute hatten sich Hunderte von diesen Zweibeinern mit an Leinen angebundenen Hunden eingefunden. Mit fest ausschreitenden Schritten stampften sie über ihn hinweg, als gelte es, ihn gänzlich in den Boden der Fußgängerzone hinein zu stampfen. Der Strom der Menge wollte nicht abreißen. Bis in die Nacht wurde weiter getrampelt und der Lärm der Trillerpfeifen ebbte nicht ab.

Aber auch dies ging vorüber. Irgendwann, spät in der Nacht, trat wieder Ruhe ein. Schließlich war Timmendorfer Strand ein nobler Kurort, in dem man sich, nach ausgiebigem Shopping in den herausgeputzten Markengeschäften, die sich stolz südlich und nördlich von ihm aufreihten, in der Ruhe der Nacht erholen konnte.

Doch da schlurfte, wie schon einige Nächte zuvor, dieser Mann mit Plastiktüten über ihn hinweg und verstreute Stückchen für Stückchen Wurst, auf die er diese seltsam hell leuchtende Paste gestrichen hatte. Er versteckte sie in den abgelegensten Winkeln und Ecken, unter Parkbänken und Papierkörben, wo sie am nächsten Tag von den Hunden des Ortes gefunden und gierig verschlungen werden sollten.

Er hatte verstanden!

Vor Empörung und Zorn bog er sich wie eine sich ringelnde Schlange aus der Verfugung in die Höhe und bildete mitten in der Fußgängerzone einen breiten Steg.

Wieder schlurfte der grimmig lächelnde Mann mit der grasgrünen Gärtnerschürze über ihn hinweg. Doch da die Demonstranten am Nachmittag die Straßenlaternen zertrümmert hatten, sah der Mann in der Dunkelheit das neu entstandene Hindernis nicht. Er stolperte darüber, fiel mit der Stirn voraus auf den Boden und blieb dort mit einer blutenden Platzwunde bewusstlos liegen.

So fand ihn die nächste Polizeistreife. Die Plastiktüten, die der Mann bei sich getragen hatte, waren aufgeplatzt. Um ihn herum lagen die mit heller Paste angestrichenen Wurststückchen, die auffallend nach Knoblauch rochen, sodass er wie ein zu einem Bankett dekorierten Festtagsbraten aussah.

Seitdem war es wieder ruhig um den 54. Breitengrad – zumindest nachts.

****

Treue

Das Feuer umhüllte sie augenblicklich wie ein zweites Kleid. Die hoch lodernden Flammen schlossen sich über ihrem Kopf und leckten an ihrem Körper entlang. Das Haar fing Feuer und brannte mit einem Knistern zu einer schwarzen, von ihrem Kopf abbröckelnden Masse ab. Das leichte Tuch ihres Saris verpuffte in einem einzigen kurzen Aufglühen in der unerträglichen Hitze unter einem empörten Aufschnauben des Feuers, wie sie es wagen könne, ihm ihren Körper bekleidet anzubieten. Ein paar Funken, die zum Himmel empor stoben, sowie ein paar schwarze Fädchen waren alles, was von dem kostbaren golddurchwirkten Stoff übrig geblieben war.

Im ersten Augenblick empfand sie nur Erstaunen über die andere Welt, in die sie hineingesprungen war. Zunächst hatte sie die Hitze gar nicht gespürt, die nun wie eine Walze über sie hinweg fuhr und sie auf die brennenden Äste niederdrückte. Es war ihr, als hätten jemand in diesem Lichterdom der Feuerkuppel die Zeit für sie angehalten.

Schon zuvor, nachdem sie von ihrem Sitz aufgesprungen war und sich mit einem gewaltigen Sprung vom Boden gelöst hatte, war sie unendlich langsam, wie eine Feder, mit der der Wind spielte, dem Feuer entgegen gesunken. Sie hatte nur ihn gesehen, der in den Flammen verbrannte und den sie noch einmal in den Armen halten wollte.

Undeutlich durch die rauchende Flammenwand hindurch sah sie die Menschen, wie sie schreiend zu dem brennenden Scheiterhaufen liefen und auf sie starrten. Doch die Wucht des aufbegehrenden Feuers, das sich um sie wie auf neue Beute stürzte, hielt die Zuschauer davor zurück, sie wieder den Flammen zu entreißen. Ihre Zeit hier inmitten der Glut hatte mit dem Leben dort draußen nichts mehr zu tun. Sie sah ein kleines Mädchen, das oben am Rand der Treppenstufen stand, die zum Scheiterhaufen führten und vom Feuer beleuchtet wurden. Sie sah, wie dieses Mädchen mit einem Strohhalm aus einer Flasche trank, so gedankenverloren, wie nur ein Kind in der Lage sein kann, sich aus der Welt und allem Geschehen herauszuschälen. Sie hätte darüber lachen mögen, wenn ihr der aufsteigende Qualm nicht beißend in die Augen gestiegen wäre und ihr den Atem genommen hätte.

Das Feuer hatte sie mit seiner ganzen Gewalt gepackt und versetzte ihr Brandblasen, die sie an ihren Händen und Unterarmen anschwellen und platzen sah. Das verbrannte Horn ihrer einstmals so bewunderten Haarpracht stank entsetzlich. Kein noch so aromatisches Sandelholz, wie das, welches unter ihr aufgeschichtet war, konnte gegen diesen Gestank ankommen.

Die Hitze hatte sich erbarmungslos wie eine Glocke über sie gestülpt. Unwillkürlich spannten sich alle ihre Muskeln, um diesem heißen Brodem zu entkommen. Es bedurfte ihrer ganzen Willenskraft, um sich an dem Leichnam ihres Mannes, auf dem sie nun rittlings hockte, festzuklammern und der Versuchung zu widerstehen, sich als brennendes Bündel wieder aus dem Scheiterhaufen hinaus zu schleudern.

Sie schaute dem Mann unter ihr durch die überall aus seinem toten Körper aufschießenden Flammen ins Gesicht. Seine Augen waren bereits aufgeplatzt und zerkocht, die Haut herunter gepellt und die Wangenmuskeln wie abgezogen weggebrannt.

Der Schmerz pfählte sie. Sie wusste nicht mehr, ob sie schrie. Möglich, dass ihr der Rauch die Stimme verschlagen hatte. Für einen Augenblick meinte sie, sich husten zu hören. Aber dieses Geräusch schlug sogleich in einen Gesang um, der sich ausbreitete und sie hinüber trug auf eine weite grüne Wiese, in deren kühlem Gras sie, bekleidet mit einem weißen Kleid, niedersank und dem Gezwitscher der Vögel zuhörte. Es war dieser Gesang, der sie nun gänzlich ausfüllte, während ein leuchtendes Weiß in ihr aufglühte und sie in Besitz nahm.

Von außen sah man ihren Körper, wie er sich in der Hitze bog, während die Flammen sich unerbittlich in ihn hineinfraßen. Ein Husten hatte die Frau noch einmal geschüttelt, dann fiel sie leblos über den Leichnam unter ihr. Die Hitze drückte die beiden Körper ein letztes Mal in die Höhe, sodass es aussah, als würden sie, umflort von den Flammen, zusammen in den Sternenhimmel hineinreiten. Oder war es nur die Leiche des von ihr über alles Geliebten, die sich vor Lust, vor Freude oder unter der Last ihres Körpers aufbäumte und vergebens versuchte, sie abzuschütteln? War es eine letzte Vereinigung, die, von den Flammen verhüllt, stattfand?

Ihr Körper kippte auf seinen Leib und ihr vom Feuer schon halb zerfressener Mund kam auf seinem, von allem Fleisch entblößten Gebiss zu einem letzten Kuss zu liegen.

Für immer waren sie nun eins geworden.

****

Der Weihnachtsmann, die Tiere des Waldes und die Tauben

Schwer prustend und schnaubend läuft er in seinen ausgetretenen Pantoffeln auf dem dichten und flauschigen Wolkenteppich hin und her. Seine Arme rudern und sein Gesicht ist hochrot. Der lange weiße Bart, den er sich über die Schulter geworfen hat, und der Plüschbommel seiner Zipfelmütze schwingen bei jedem Schritt hin und her.

„Sakrament noch mal! Klappt dieses Jahr schon wieder rein gar nichts? Was ist nur los mit euch, ihr faulen Säcke. Ich glaube es nicht! Soll ich euch das Manna entziehen und die Flügel zwirbeln?"

Die Engel lassen sich jedoch von seinem heiseren, immer wieder durch Hustenstöße unterbrochenen Geschrei nicht stören. Sie fläzen faul auf ihren Wolkenbänken, erzählen sich neueste Witzchen über den Alten, der da oben über ihnen thront und wieder, wie jedes Jahr, Auseinandersetzungen mit Maria und dem Anderen wegen einer neuen Mission führt.

Der Weihnachtsmann – denn um den handelt es sich, wie ihr sicher schon alle erahnt habt – stellt sich auf eine Wolkenbank in Positur, holt tief Luft, schiebt seine weit ins Gesicht vorgerutschte Mütze wieder auf den Kopf zurück, legt seinen Bart zurecht, sodass er wie eine Fahne in den heftigen Windböen flattert, und schreit erneut los:

„Nichts als Klatsch und Tratsch den ganzen Tag! Und die Arbeit bleibt liegen! So kann es nicht weitergehen! Die Zeit läuft uns davon! Ich will nicht noch einmal so ein Desaster wie letztes Jahr erleben! Die Kufen des Schlittens! Sind sie jetzt ok oder nicht?"

Ein Engel mit Silberblick kaut auf einem Weihnachtswolkenfetzen herum, der aus einer Art Zuckerwatte besteht, und murmelt gelangweilt zu einem neben ihm sitzenden Engel, der seine mit Zuckerwolken verklebten Flügel strähnt und auskämmt:

„Was hat denn der Chef nur wieder? Hat er die letzte Engelspost nicht gelesen?"

Abfällig erwidert der Engel mit dem Putzdrang, der sich einbildet, die schönsten Schwingen im ganzen Himmelsreich zu besitzen (Engel sind sehr eitel und nichts kränkt sie mehr, als an sich einen Makel feststellen zu müssen – aber das nur so nebenbei gesagt), ohne seine Putztätigkeit ruhen zu lassen:

„Der und lesen? Der pennt doch das ganze liebe lange Jahr auf seinem Weihnachtswolkensack. Denkt, damit ein ganzes Jahr Ruhe und keine weiteren Verpflichtungen zu haben, wenn er seine jährliche Aktion hinter sich gebracht hat. Meint, dass er alles delegieren kann. Und dann macht er im letzten Augenblick Terror und schiebt Panik, weil er wieder einmal alles, was im Jahr so an Arbeit aufgelaufen ist, verpennt hat! Selbst den standardmäßig vorgeschriebenen Weihnachts-TÜV für seinen alten Schlitten hat er, genau wie letztes Jahr, wieder nicht hingekriegt. Und wer ist schuld?"

Die beiden Engel grinsen sich an:

„Na, wir natürlich! Wer sonst?"

Der Engel stupst mit der Flügelspitze gegen den Kopf des unter ihm auf einer Wolke liegenden Hilfsengel, der genüsslich auf einem Stück Manna kaut:

„He, Kleiner! Bring dem alten Brummsack mal die letzte Engelspost. Irgendwo muss noch ein Exemplar herumliegen. Dann hat er wenigstens so richtig Grund, sich aufzuregen."

Der Kleine springt auf, holt das zerknitterte letzte Wochenexemplar der Engelspost aus einer Wolkennische und fliegt zum Weihnachtsmann. Der läuft noch immer hin und her und schreit, er werde dies und das nicht länger durchgehen lassen. Der Hilfsengel übergibt ihm mit dem vorgeschriebenen Knicks das Blatt:

„Engelspost! Letztes, aber bereits leicht vergilbtes Exemplar! Unbedingt zu lesen!"

Dem Weihnachtsmann bleibt der letzte Fluch, den er herausbrüllen wollte, im Hals stecken, als er die Überschrift liest:

„Streik! Rat der Engel ist sich einig: Alles ruht im Himmelsreich! Kein Flügel rührt sich mehr!"

Verdattert stammelt er:

„Was? Wie? Wo? Streik? Hier? Das ist doch gar nicht erlaubt! Das ist die absolute Höhe! Das könnt ihr doch nicht mit mir machen! Das ist Revolte! Das ist unerhört! Das ist einfach ….."

Weiter kommt er nicht, denn ein gewaltiger Niesanfall schüttelt ihn heftig durch. Er niest dabei so kräftig in die nächste Wolkenbank hinein, dass die zwei auf ihm sitzenden Engel herunterpurzeln. Nachdem sie gerade noch rechtszeitig ihre Flügel einfalten konnten, schnauzt einer von ihnen zurück:

„Pass doch auf, alter Trottel! Fast hättest du uns die Flügel geknickt. Das können wir uns nicht leisten. Demnächst steht die nächste Galashow mit dem Alten und der ganzen oberen Riege an, bei dem wir um sie rumfliegen und damit das Bild aufwerten sollen."

Der Weihnachtsmann stürzt auf ihn zu:

„Was ist denn das auf einmal für ein aufmüpfiger Ton? Ich glaube es ja nicht! Dir werde ich es zeigen…."

Doch ehe er den Engel packen kann, haben ihn auf einen Wink des Engels hin ein Dutzend Putten umringt und plärren lautstark in seine Ohren:

„Hosianna! In der Höhe! Hosianna! Gloria! Gloria!"

Der Weihnachtsmann flucht laut und hält sich die Ohren zu. Er lässt von dem Engel ab, weil ihm der rote Mantel aufgegangen ist und er erst jetzt an den spöttischen Blicken der Putten merkt, dass er nichts darunter trägt.

„Nicht so schrill! Nicht so laut! Ich lass ihn ja. Mir tun immer noch die Trommelfelle von unserem letzten Weihnachten weh, als ich unfreiwillig ins Meer abtauchen musste."

Die Putten sinken wieder malerisch nebeneinander aufgereiht auf einem Wolkenkamm nieder. Der Weihnachtsmann, noch immer aufgebracht, schließt seinen aufklaffenden Mantel und brüllt weiter:

„Also, was ist jetzt? Alles soweit hergerichtet? Die Zeit läuft nicht mehr, sie rast uns davon! Und ihr hängt hier nur herum und habt nichts Besseres zu tun, als mich auch noch zu beleidigen! Wollen doch mal sehen, was ihr bisher geleistet habt!"

Er blickt unter den Schlitten, der auf zwei Wolkenbänken aufgebockt ist, doch nur, um sofort mit hochrotem Kopf wieder loszuschreien:

„Das kann ja wohl nicht wahr sein! Da hängt noch immer der Tang von unserem letzten unfreiwilligen Ausflug ins Meer an den Kufen! Alles verrostet! Nichts eingefettet! Ich will sofort die Checkliste sehen, ob überhaupt irgendetwas gemacht wurde!"

Keiner rührt sich. Die Engel heben nicht einmal die Köpfe. Selbst ihre Harfen und Leiern, auf denen sie von früh bis spät zu frohlocken haben, liegen achtlos um sie herum verstreut. Der Weihnachtsmann versteht langsam:

„ Streik! Jetzt? Vor Weihnachten? Ja, seid ihr denn total deppert? Ist die letzte Lieferung an Manna zu lange in der Sonne gelegen, vergoren und euch zu Kopf gestiegen? Oder wie oder was?"

Als niemand reagiert, greift er eine Putte, hält sie an den Füßen umgekehrt hoch in die Luft, sodass ihr rosa Kleidchen über den Kopf hängt und die ebenso rosaroten nackten Pobacken zum Vorschein kommen. Dazu brüllt er:

„Antwortet jetzt oder ich prügele jeden von euch so durch, wie gleich diese Rotznase hier!"

Mit diesen Worten holte er seine Rute aus der Manteltasche und will zuschlagen, doch der Engel mit dem Silberblick erhebt sein Feuerschwert und zielt mit der Spitze auf den Weihnachtsmann:

„Wage es! Kannst du nicht lesen? Wir fordern mehr Manna und weniger Hosianna pro Engel! Beschlossen von der Engelsgewerkschaft und einstimmig angenommen bei der letzten Hauptversammlung!"

Der Weihnachtsmann schnaubt wütend zurück:

„Das ist allein die Sache vom obersten Chef. Macht das mit ihm aus! Mich geht das nichts an. Und jetzt los! Die Kufen müssen abgeschmirgelt und alle Schrauben überprüft werden! Sie sollen auch noch geölt werden! Die Geschenke verpacken usw.! Soll ich die Auslieferung dieses Jahr etwa an einen Paketservice abgeben? Sind die Rentiere gestriegelt und gefüttert? Ihr Geweih blank poliert und mit Lametta versehen?"

Der Engel mit dem Silberblick schwenkt die Spitze seines Schwertes vor dem Gürtel des lose zusammengebundenen Mantels des Weihnachtsmanns hin und her. Dadurch öffnet er sich mit einem Ruck und der Weihnachtsmann steht erneut halbnackt vor den kichernd losprustenden Putten und Engel. Der Engel erwidert trocken:

„Nein! Kannst du voll vergessen. Nichts geht mehr. Die da oben streiten schon seit Tagen herum. Keiner hat Zeit für uns und unsere Belange. Es reicht uns jetzt. Wir haben beschlossen, so lange Dienst nach Vorschrift zu machen, bis unsere Forderungen durchgesetzt sind. Steht alles da."

Der Weihnachtsmann rafft wutentbrannt seinen Mantel wieder zusammen und glotzt dabei auf das Papier aus Engelshaar, das von selbst in der Luft zu schweben scheint. Doch plötzlich scheint sich seine Wut in Nichts aufzulösen. Mit erstaunlich ruhiger Stimme sagt er:

„Na, dann ist doch alles gut! Da steht es doch: Dienst nach Vorschrift! Dienst ist Dienst. Dann haltet euch an die Vorschrift und legt los!"

Ein weiterer Engel kommt heran geschwebt und stellt sich mit dazu. Er ist damit beschäftigt, seine Locken mit Wolkenstreifen einzuwickeln, um den Lockenfall zu verstärken. Ein dritter Engel, mit der Maniküre seiner Fingernägel beschäftigt, schwebt dicht an seiner Seite und flüstert mit schläfrig, verträumten Blick:

„Brauchst du Hilfe, Bruder? Was ist denn das nur für ein Geschrei?

Der Engel mit dem Silberblick erwidert aufgebracht:

„Für das bisschen Manna machen wir das alles nicht mehr mit! Das hält ja kein Engel aus. Wenn das so weiter geht, wandern wir aus!"

Der Weihnachtsmann winkt, offensichtlich belustigt, ab:

„Auswandern? Wohin denn? Etwa die ganzen Etagen nach unten bis zum ewig lodernden Feuerchen? Es wird es euch sicher gefallen, wenn da unten eure Flügelchen verschmoren und ihr wie gegrillte Hühner in alle Ewigkeit herumschwirren könnt."

Er bückt sich und ruckelt an den sehr lose aufgehängten Kufen des Schlittens. Der Engel mit dem Silberblick sieht ihm skeptisch dabei zu:

„Sieht ziemlich böse aus. Damit kommst du noch nicht einmal bis zur nächsten Wolkenbank, würde ich sagen. Absturz vorprogrammiert. Am besten, du lässt es gleich für dieses Jahr sein mit den Bescherungen."

Der Weihnachtsmann richtet sich auf, verzieht das Gesicht, weil ihn wieder der Rücken weh tut und sieht den Engel bestürzt an. Seine Stimme klingt auf einmal kläglich. Von seiner rot angelaufenen Knollennase rinnt ein Tropfen herunter und fällt zu Boden. Er schnäuzt sich in den Ärmel seines Mantels hinein:

„Erkältet habe ich mich auch noch! Nur, weil ihr vergessen habt, die Wolkenbänke zuzuziehen und hier oben jetzt ganz empfindlich der Wind pfeift. Wie soll es da mit meinem Rücken jemals besser werden? Und es sein lassen? Du meinst, keine Geschenke dieses Jahr? Noch dazu, da ich es den Tieren des Meeres versprochen habe, nach ihrer Hilfe vom letzten Jahr auch sie zu beschenken? Ich hab es versprochen, versteht ihr? Wieso fangt ihr denn nicht endlich an? Dienst ist doch schließlich Dienst, oder?"

Der Engel führt sein Schwert wieder in die Scheide aus Wolkengespinst, verschränkt die Arme vor der Brust und nickt:

„Genau. Und wir haben dieses Jahr die geforderte Stundenzahl nicht nur geleistet, sondern bei weitem überschritten. Gearbeitet wird erst wieder nächstes Jahr. Die Schinderei für nichts und wieder nichts ist vorbei. Soll doch Hosianna singen wer will. Jetzt werden einmal die Überstunden abgefeiert. Entspann dich und spiel uns ein Liedchen."

Damit bückt er sich und reicht dem Weihnachtsmann die Leier, die neben ihm achtlos auf einer Wolke liegt. Mit zorniger Miene und hochrot angelaufenem Gesicht schleudert dieser die Leier in hohem Bogen in die nächste Wolkenbank hinein. Eine Putte, die dort schläft, fährt erschrocken hoch. Erst will er nochmals losschreien, doch dann besinnt er sich, nickt nur kurz und murmelt:

„Gut, ich habe verstanden. Ihr wollt nicht. Dann nehme ich das eben selbst in die Hand. Gut möglich, dass dann aber für euch der Zug in Zukunft abgefahren sein wird und ihr euch demnächst bei Petrus arbeitslos melden könnt. Bin gespannt, was der dazu und zu euren Auswanderungsplänen sagt."

Die aufgeschreckte Putte säuselt:

„Was will er tun? Was hat er vor? Sollten wir nicht doch…..?"

Der Engel stopft ihr ein Stück Manna in den Mund:

„Halt die Klappe, Putte! Ohne uns ist er aufgeschmissen! Wir bleiben bei unseren Forderungen. Auch du hast schließlich zugestimmt."

„Ja, aber…."

Der Engel packt die Putte und schiebt sie kopfüber in die nächste Wolkenbank hinein, so dass nur noch ihre strampelnden Beinchen und die rosa Pobacken hervorlugen. Dann legt er sich auf eine gerade vorbeischwebende Wolke. Während er sich die Fingernägel manikürt, schaut er dem hektisch umhereilenden Weihnachtsmann belustigt zu.

Der Weihnachtsmann trommelt die Elche, die in ihrem Wolkengehege das hoch gewachsene Manna abgrasen zusammen und flüstert jedem etwas ins Ohr. Sie verstehen ihn, lassen sich von ihm mit Engelsstaub berieseln und je einen damit gefüllten Sack an ihr Geweih binden. Dann schweben sie, jeder in eine andere Richtung, zur Erde hinab.

Dann öffnet der Weihnachtsmann sämtliche in den Wolkenbänken lagernden Truhen mit noch uneingepackten Geschenken. Der Engel mit dem Silberblick beobachtet ihn und gähnt herzhaft:

„Hast also deine Mannschaft in Urlaub geschickt? Sehr gute Entscheidung! Jetzt musst du nur noch akzeptieren, dass gar nichts mehr geht. Oder willst du etwa alles im Alleingang erledigen? Dann kannst du frühestens in zehn Jahren ans Geschenke austeilen denken."

Der Weihnachtsmann sagt nichts darauf. Er ist noch nicht einmal mehr zornig. Verwundert blickt ihm der Engel hinterher, als er es sich jetzt mit einem zufriedenen Lächeln auf seinem Schlitten bequem macht und die Mütze über das ganze Gesicht zieht. Am kräftigen Schnarchen kann jeder hören, dass er in ein tiefes Weihnachtsschläfchen gefallen ist.

Der Silberblickengel raunt dem Engel neben ihm zu:

„Seltsam, findest du nicht auch? Ich dachte, der rastet jetzt total aus. Ich hatte schon eine Handvoll Engelstaub in der Hand, um ihn mitsamt der Engelspost damit zu bestäuben und ihn zum Alten hoch zum Rapport zu schießen. Verbunden mit der Hoffnung, dass die dort oben endlich aufhören zu streiten und sich um unseren Forderungen kümmern."

Sie blicken nun beide in die Höhe, aus der nach wie vor Geschimpfe und Gezetere zu hören ist. Klar und deutlich schält sich die schrille Stimme Marias aus dem Stimmengewirr heraus:

„Kannst du voll vergessen! Ich denke nicht daran, da unten wieder in einer dreckigen Scheune herumzuhocken und mir dabei den Hintern abzufrieren! Soll doch gebären wer will! Ich jedenfalls nicht! Und dann auch noch unbefleckt! Mach doch deinen Mist allein, wenn du weiterhin auf einen solchen Blödsinn bestehst!"

Leise hört man die Stimmen von Jesus und noch jemand anderem, die versuchen, Maria zu beruhigen. Doch sie schreit sie mit schriller Stimme nieder:

„Schluss! Aus! Soll doch der alte Sack ran mit seiner Schnapsidee von Geburt im Stall! Mit mir nicht! Einmal und nie wieder!"

Der Silberblickengel murmelt kopfschüttelnd:

„In der Haut des Alten möchte ich jetzt auch nicht stecken."

Der andere Engel erwidert gelassen und überprüft nun auch seine Fingernägel:

„Nur gut, dass er keine Haut hat. Fraglich, ob er überhaupt Ohren hat, mit denen er hören kann."

„Dann allerdings wäre fraglich, ob Maria das weiß. Sonst würde sie nicht so schreien."

Beide kichern und widmen sich wieder ihrer intensiven Körperpflege. Denn Engel sind ei...., aber das wisst ihr ja schon.

Kurz darauf kommen die Elche von der Erde wieder zurück. Die Engel richten sich erstaunt auf und unterbrechen dabei sogar ihre Schönheitspflege. So etwas hatten sie bisher hier oben noch nie gesehen! Und wahrlich, im Lauf der Ewigkeit, die sie jetzt bereits hier oben verweilen, gab es allerhand zu sehen.

Die Elche haben sämtliche Tiere, die die Wälder dort unten aufzubieten haben, allesamt mit Engelsstaub bepudert und mit heraufgeholt: Eichhörnchen, Rehe und Wölfe, Füchse und Eulen, Raben und Amseln, Mäuse und Frösche, Schlangen, Fischreiher und Wildschweine usw. Eben einfach alles: Vier- und Zweibeiner, befiedert, beschuppt, mit Fell oder Borsten. Das Gedränge auf den Wolkenbänken ist groß. Die Elche haben die Aufsicht, während sich der Weihnachtsmann genüsslich auf seinem Schlitten räkelt und Anweisungen gibt:

„Fuchs, du machst dich an die Kufen. Die Werkzeugkiste steht zwischen den beiden dort faulenzenden Engeln. Raben, ihr holt die Ölkannen, um die Radnaben zu schmieren. Eichhörnchen, ihr macht euch an die Geschenke ran, zusammen mit den Rehen und Fröschen. Der Rest sieht zu, wo er helfen kann."

Bald sind alle Tiere eingeteilt. Der Weihnachtsmann schläft wieder. Alle kauen, ohne die Arbeit zu unterbrechen, an den direkt vor ihren Nasen vorbei schwebenden und zuckrig schmeckenden Wolkenfetzen.

Der Silberblickengel ist empört. Er zieht sein Flammenschwert und fuchtelt mit der Schwertspitze vor den werkelnden Tieren herum, sodass sie erschreckt vom Schlitten ablassen:

„Aufhören, auf der Stelle! Ich protestiere! Ihr seid Streikbrecher! Zudem kaut ihr uns noch die ganzen Wolkenreste zusammen. Bei der Menge, die ihr da wegfresst, stürzt bald das Himmelszelt zusammen!"

Und an den Weihnachtsmann gewandt:

„ Und der immense Verbrauch an Engelsstaub ist in keiner noch so himmlischen Buchführung zu rechtfertigen, du Weihnachtsblödmann. "

Auch die anderen Engel haben sich jetzt zusammengerottet und schieben sich als drohende Wand gegen die Tiere vor. Die Putten umflattern aufgeregt das Geschehen und ihr Zirpen übertönt die durch die dünn gewordene Wolkendecke heftig wehenden Winde:

„Hosianna! Gloria! Gleich gibt es Aua!"

Der Fuchs lässt den gerade aufgenommenen Schraubenzieher wieder fallen und erklärt den anderen Tieren:

„Nichts zu machen! Hören wir auf. Der Klügere gibt nach."

Der Älteste der Elche, bereits deutlich ergraut, zieht die Stirn unter seinem mit Lametta behangenen Geweih kraus und zuckt hilflos mit den Schultern:

„Wecken wir den Chef. Soll er uns doch sagen, was zu tun ist."

Mit einem kräftigen Geweihstoß wird der Weihnachtsmann angestupst. Verwundert reibt er sich die Augen, als er die Massen an Tieren vor sich stehen sieht, unter deren Gewicht die Wolkendecke bereits gefährlich eingedellt wird, weil die Wirkung des Engelstaubes langsam nachlässt.

„Was ist das denn für eine Versammlung hier oben? Träum ich oder wach ich? Ich glaub, ich steh im Wald. Solltet ihr nicht alle arbeiten?"

Der alte Elch grinst verlegen und lässt dabei weite Zahnlücken sehen, während die beiden zwischen dem Lametta befestigten Christbaumkugeln im Wind hin- und her schwanken:

„ Entschuldigung, Chef. Aber anscheinend ist jetzt alles verfahren. Die Engel blockieren alles. Wir können nicht mehr weitermachen. Und lange werden die Wolken hier nicht mehr halten. Die Tiere futtern alles weg.“

Einer der Wölfe schaltet sich ein:

„Wir sollten vielleicht das Fernsehen mit hierher hoch holen. Wenn das hier gefilmt und an Weihnachten gesendet wird, bist du aus dem Schneider, Weihnachtsmann. Denn dann wird jeder da unten verstehen, weshalb es dieses Jahr keine Bescherung gibt. Die Engel allerdings sind dann blamiert.“

Der alte Elch greift die Idee begeistert auf:

„Toller Vorschlag! Allein der Blick hinter die Himmelskulissen! Da lässt das Fernsehen sicher gehörig was springen. Davon schaffen wir dann alles an, was schon lange dringend benötigt wird. Zum Beispiel ein neuer Schlitten. Mit Motorantrieb! Dann hätten wir Elche endlich Ruhe vor diesem alljährlichen Geziehe und Geschleppe.“

Die Engel verbarrikadieren weiterhin den Zugang zu den Geschenkkisten. Die Tiere, mit den Resten an Engelsstaub bestäubt, machen sich bereit zum Abstieg zur Erde und treten zum Sprung in die Tiefe an den Rand der Wolkenbänke. Der Weihnachtsmann läuft händeringend zwischen den Fronten hin und her und versucht zu vermitteln:

„Halt! Nur nichts übereilen! Wir müssen jetzt alle an einem Strang ziehen! Jeder hilft mit, diese schwierige Situation zu meistern. Wir schaffen das!“

Doch sowohl Engel, Putten, Elche und die Tiere aus dem Wald beharren auf ihren Positionen und schreien sich gegenseitig an:

„Mehr Manna! Weniger Hosianna!"

„Fernsehauftritt! Live! Jetzt!"

„Motorisierter Schlitten!"

Es geht einfach nichts voran. Die erste Wolkenbank bröckelt unter dem Gewicht und die auf ihr stehenden Tiere schweben bereits in die Tiefe. Verzweifelt ruft ihnen der Weihnachtsmann hinterher, wobei sein Mantel durch die Aufwinde wieder mal weit aufklafft, was in der Aufregung jedoch niemand bemerkt.

„Ist denn niemand da, der mir noch helfen kann?"

Da taucht aus der Tiefe eine dunkle Wolke auf, die schnell zu den Himmelswolken emporsteigt. Dazu ertönt eine seltsame, hier oben noch nie gehörte Melodie aus Tausenden von Kehlchen. Neugierig recken Engel und Putten ihre Hälse über die Wolkenränder:

„Was ist das denn um alles im Himmel?"

Unübersehbare Scharen an Tauben setzen sich auf den Wolkenbänken ab und beginnen sofort, Wolkenfetzen zu zupfen und entstandene Löcher zu stopfen. Die Wolken sind bald komplett von ihnen besetzt. Selbst auf den Flügeln, Schultern und Haaren der Engel nehmen die Tauben Platz. Auch das gezückte Schwert des Silberblickengels ist bis zur Spitze mit Tauben besetzt, deren Füßchen die Flammen ersticken. Eine prächtig weiße Taube baut sich vor dem Weihnachtsmann auf und gurrt:

„Wir haben deinen Ruf gehört und sind hier, um dir zu helfen. Es hat nur etwas gedauert, bis ich alle zusammen getrommelt hatte. Am besten, wir legen gleich los."

Der Weihnachtsmann bindet seinen Mantel wieder zu und fragt skeptisch:

„Loslegen? Mit was denn?"

Die Taube breitet ihre weißen Schwingen aus und deutet auf einen ersten Trupp Tauben. Vier bis sechs von ihnen nehmen mit ihren Schnäbeln Geschenk für Geschenk aus einer Truhe, schlagen es in Geschenkpapier ein und umwickeln es mit zu Schnüren gedrillten Wolkenfetzen. Zuletzt kleben sie auf jedes Geschenk eine Taubenfeder.

Eine Putte verstreut Engelstaub über jeden, den sie erwischen kann, um zu verhindern, dass die Wolkenbänke weiter unter dem Gewicht der unüberschaubar vielen Tauben einbrechen.

Der Engel mit dem Silberblick fährt mit seinem erloschenen Flammenschwert, das dicht an dicht mit Tauben besetzt ist, zwar dazwischen, kann aber nichts ausrichten. Mit krächzender, sich überschlagender Stimme versucht er sich Gehör zu verschaffen:

„Streikbrecher! Sofort aufhören! Alle Aktivitäten einstellen!"

Doch die Tauben flattern nur kurz auf, um sich sogleich wieder auf das Schwert und auf den Engel niederzulassen. Die anderen Tauben – es sind Tausende - arbeiten weiter. Die fertig verpackten Geschenke werden sogleich von mehreren Taubenschnäbeln zugleich aufgenommen und zur Erde gebracht.

Der Weihnachtsmann bestäubt sich noch schnell mit Engelsstaub und trudelt inmitten der bepackten Taubenschwärme hinunter in die Tiefe:

„Nicht so schnell! Ihr braucht die Adressen! Ich habe die Liste dabei. Hurra! Wir schaffen es! Alles wird doch noch pünktlich ausgeliefert!"

Die Menschen blicken besorgt zum Himmel hoch, denn es wird plötzlich am hellsten Tag bedrohlich dunkel. Doch es ist kein

Unwetter, das sich über ihren Köpfen so schwarz zusammenbraut. Es sind unzählige Tauben, die sich auf die Häuser und die Nester, die Hundehütten und die Schlupflöcher der kleinen Tiere, die Ställe und auf sämtliche sonstige Orte verteilen, an denen sich Menschen und Tiere aufhalten, um dort ihre Geschenke abzuladen.

So ist also dieses Weihnachten bei uns hier oben abgelaufen. Seitdem steigen jedes Jahr an Weihnachten alle Tauben dieser Erde zum Himmel empor und bringen den Kindern der Erde zusammen mit dem Weihnachtsmann ihre Geschenke. Doch nicht nur den Kindern, sondern auch den Tieren. Und da sich die Pinguine bereit erklärt haben, zu helfen, werden nun auch die Tiere im Meer (wie versprochen) gleich mit beschenkt, indem sie zu ihnen abtauchen. Dadurch muss der Weihnachtsmann nicht mehr selbst ins kalte Wasser. Kein einziges Tier wird dabei ausgelassen. Auch jeder Krake und Tintenfisch erhält wieder seine vier Paar Söckchen. Denn in der Tiefe des Meeres ist es im Winter kalt.

Von weit oben steigt ein leiser Gesang herab:

„Hosianna! Gloria!"

Doch darunter gemischt lässt sich auch vernehmen:

„Mehr Manna! Weniger Hosianna!"

Und dazu eine leise, aber schrille Stimme, unterlegt von anderen, sie beruhigenden Stimmen:

„Geburt im Stall? Ich hab's euch doch gesagt! Ich mach das nicht! Nicht noch einmal!"

Frohe Weihnachten für Mensch und Tier!

****

Inhaltsangabe